雨傘懷孕

葉雨南 著

葉雨南的詩既抽象又寫實，這樣看似對立的元素卻被他的天份融合在一起。這世界上最聰明的人不是科學家，而是詩人。

葉雨南便是其中一個。

小野

青年詩人葉雨南是早熟的詩人，他的詩作慣於使用日常的語言，傳遞生活中的諸多情境，且擅長以魔幻筆法，挖掘人性與生活瑣碎的深沉性。《雨傘懷孕》這本詩集中有甚多創新語法，顯示了一個開闊的想像空間。

向陽

葉雨南的詩經常會在理智性語彙中交叉靈現善感多思的維特式情懷，並迸發出年輕世代獨有的語言標示：看似無厘卻極具新意的文字想像。但就像在海綿寶寶的按讚貼圖之外，詩人敲打字鍵的手勢其實早已透露出其早熟的生命哲思。因此，葉雨南的詩也時常在青春無敵的語言背後，乍現一縷又一縷老靈魂的自我審視。此外，閱讀葉雨南亦可間接觀察台灣90後世代詩創作者的語言肌理和生活樣態，是非常有趣又新鮮的閱讀經驗／驚豔。

姚時晴

在葉雨南的詩裡，我讀到專注與虔敬，以及深切的自我觀照。我不禁想像，他寫作時究竟是以怎樣堅定的姿態，支撐起那完整而純粹的詩意世界。

凌性傑

〈月亮的另一層皮膚〉

詩人常相應於自然萬物，葉雨南找了月亮作為夜晚的皮膚，那雙詩意的眼睛從夜空反映著自身的內心，多美的溫柔與自虐的凌遲。

必是失眠受著心事的折騰，想浴洗掉這層悲傷，而悲傷一如照拂於身的月光，哪能輕易脫落？

顏艾琳

雨南的詩，意象飽滿精確，不用陳言套語，偶爾鮮佻活潑，有時靜深凝重，迥異於前輩或同年代詩人詩風。

葉雨南勇敢開發新意象，情愛雖是他最常指涉的主題，城市心靈的偉大與猥瑣，亦是他不畏懼的書寫。他的出現，令詩壇耳目一新，兩岸詩刊爭相刊登及探討他的詩作。他才十九歲，一位江山可待，一位未來世界不侷限於雨中江南的的詩人。

蔡淇華

他為日常物事，雨傘、皮膚、房子、磁磚等等，重新建立新的遊戲規則，在人們生存的世界之外，創造一個詩的平行宇宙。記得去年夏天才拿到《真空的夢》，今年又聽到新作《雨傘懷孕》的消息，不禁覺得日子就像高速旋轉的果汁機，曬黑的葉雨南，騎機車戴安全帽從酒神的農莊超載而歸，一瞬間，再度為讀者端上新鮮冰涼的青春果汁！

陳又津

路走得多久
它的落下，才不會標記黑暗
而是綻放陽光
（花說它是一滴雨）

雨南的詩充滿奇幻的想像力，以及超齡的慧覺。我以為後天的努力雖重要，但才華卻是天賦的。而內心的思維修持，決定詩的質感與高度，年輕的雨南雖仍須時間的淬鍊，然以他的早慧，若能永不忘寫詩的初衷，相信他日必是詩壇一顆閃亮的明星。

琹川

葉雨南善於將日常的觀察轉化為奇異的想像，通過營造充滿變形意味的超現實氛圍，表現出對於經驗和事物的銳利感受。

楊小濱

他迷信沙漠。

被陽光啃食過的長靴，沾滿比喻的沙粒，每個油膩的腳步都讓地底的水脈覺得不安。蠍子背對著他剪下數篇綠洲，一千個夜晚就要結束，濕漉漉的早晨將澆醒他，帶著不同的性別，甚至使用了那麼古老的時態前來。

林群盛

【總序】台灣詩學吹鼓吹詩人叢書出版緣起　蘇紹連

「台灣詩學季刊雜誌社」創辦於一九九二年十二月六日，這是台灣詩壇上一個歷史性的日子，這個日子開啟了台灣詩學時代的來臨。《台灣詩學季刊》在前後任社長向明和李瑞騰的帶領下，經歷了兩位主編白靈、蕭蕭，至二〇〇二年改版為《台灣詩學學刊》，由鄭慧如主編，以學術論文為主，附刊詩作。二〇〇三年六月十一日設立「吹鼓吹詩論壇」網站，從此，一個大型的詩論壇終於在台灣誕生了。二〇〇五年九月增加《台灣詩學・吹鼓吹詩論壇》刊物，由蘇紹連主編。《台灣詩學》以雙刊物形態創詩壇之舉，同時出版學術面的評論詩學，及以詩創作為主的刊物。

「吹鼓吹詩論壇」網站定位為新世代新勢力的網路詩社群，並以「詩腸鼓吹，吹響詩號，鼓動詩潮」十二字為論壇主旨，典出自於唐朝・馮贄《雲仙雜記・二、俗耳針砭，詩腸鼓吹》：「戴顒春日攜雙柑斗酒，人問何之，曰：『往聽黃鸝聲，此俗耳針砭，詩腸鼓吹，汝知之乎？』」因黃鸝之聲悅耳動聽，可以發人清思，激發詩興，詩興的激發必須砭去俗思，代以雅興。論壇的名稱「吹鼓吹」三字響亮，而且論壇主旨旗幟鮮明，立即驚動了網路詩界。

「吹鼓吹詩論壇」網站在台灣網路執詩界牛耳是不爭的事實，詩的創作者或讀者們競相加入論壇為會員，除於論壇發表詩作、賞評回覆外，更有擔任版主者參與論壇版務的工作，一起推動論壇的輪子，繼續邁向更為寬廣的網路詩創作及交流場域。在這之中，有許多潛質優異的詩人逐漸浮現出來，他們的詩作散發耀眼的光芒，深受詩壇前輩們的矚目，諸如鯨向海、楊佳嫻、林德俊、陳思嫻、李長青、羅浩原、然靈、阿米、陳牧宏、羅毓嘉、林禹瑄……等人，都曾是「吹鼓吹詩論壇」的版主，他們現今已是能獨當一面的新世代頂尖詩人。

「吹鼓吹詩論壇」網站除了提供像是詩壇的「星光大道」或「超級偶像」發表平台，讓許多新人展現詩藝外，還把優秀詩作集結為「年度論壇詩選」於平面媒體刊登，以此留下珍貴的網路詩歷史資料。二〇〇九年起，更進一步訂立「台灣詩學吹鼓吹詩人叢書」方案，鼓勵在「吹鼓吹詩論壇」創作優異的詩人，出版其個人詩集，期與「台灣詩學」的宗旨「挖深織廣，詩寫台灣經驗；剖情析采，論說現代詩學」站在同一高度，留下創作的成果。此一方案幸得「秀威資訊科技有限公司」應允，而得以實現。今後，「台灣詩學季刊雜誌社」將戮力於此項方案的進行，每半年甄選一至三位台灣最優秀的新世代詩人出版詩集，以細水長流的方式，三年、五年，甚至十年之後，這套「詩人叢書」累計無數本詩集，將是台灣詩壇在二十一世紀中一套堅強而整齊的詩人叢書，也將見證台灣詩史上這段期間新世代詩人的成長及詩風的建立。

若此，我們的詩壇必然能夠再創現代詩的盛唐時代！讓我們殷切期待吧。

二〇一四年一月修訂

最靠近詩的曙光

許水富

讀葉雨南的詩，有動詞的葉雨南、有名詞的葉雨南，甚至有關鍵詞的葉雨南。不管是敘事或對抒情的內斂鑿刻，總是以自己的語言說自己的故事，彷彿詩寫是為了完成某些人生的擁有。他早慧的書寫和聚焦，濃厚的看出葉雨南的狀態，衝突而內向，但又多了一份執著，試圖用文字餵飽自己，卻又太膩。

詩是詩人的投射鏡面，個性、經歷、知識等的差異，往往會有不同的書寫風格；而詩的形式，又有諸多的類別，包括作者對詩的主張精神性以及詮釋。少年葉雨南想必有自己的暗碼、能量、創造性地寫自己的範疇。我試圖從他的第一本詩集《真空的夢》和在臉書的詩發表去試探他對文字置入的對話，發現生活周遭諸多元素都是他可以建構的詩意語言，能擴大內心世界的疆域。尤其更為重要，詩雖然是自言自語的內顯章節，但它賦予書寫者的是一種精神狀態和昇華。

打開葉雨南，筆痕、心路、婉約而憂鬱的寫詩人。某年冬季，他的一首詩剛好途經我的荒原，少年桑滄，那是他二十多年的滔滔。文字熱情又彷彿來到另一個夏日，回歸熱血、瀟灑，小小年紀出現一種現世神隱的傷痕。第一次讀葉雨南、第一次看葉雨南，再聽見喃喃絮語中聽到一種激盪的青春在紙上躍動，那是文字力度的彰顯。這些年，少年出英雄，躍出詩壇的小伙子們，衝勁強、數量多，一字一句一篇的把發生的自己，用詩句點燃，豪情壯闊。期待在不景氣的詩人行業裡，擦去淚水，在美麗的文字風景，循著陽光和理想，帶著生活體驗走入真摯生命的探究。共鳴和感動，繼續邁步。

《雨傘懷孕》這是葉雨南的第二本詩集，書名是啟動閱讀的向心力，雨傘會懷孕，或懷孕的雨傘。莫非雨傘是母性的？語意未竟的書名其實隱約洞見作者內心細緻，太跳躍式的書寫或許是作者的另一種出口。用意象焊接完全不同的元素組合。需要火侯。否則容易失誤。斷裂成一地的碎片。

葉雨南告訴葉雨南，他希望在各自飄落的詩有一個完整的家，因此他節篇成冊，收納得獎和沒得獎的作品，砌築成有血統的家族。一則是歸宗認祖，一則是成就或記錄某段時間的書寫成長，期許怎樣的心願能受到允許和支持。

在那麼多條的大路，他選擇寫詩窄巷，每次穿越都要撐起強大的力道，在黑暗中逐步孤行。但他樂於用文字說話的人，並藉一行一行的詩句表述活著的心境。他書寫的元素是多元性的，幾凡所有所見的現實面以及超現實借鑑的均是他搖筆的題材；從社會關懷、從情愛風暴、從生活微觀、從人世感知、從歷史蒐證、從窗口一滴雨季的造訪。他——透過心的燎原，揪出強烈的魂魄，揮灑刻骨銘心的躍動，像餵食的穀粒，一字一字的吞吐和反芻。

寫詩和讀詩是有些不同心境的認知，他善凝結某些句子的張力；如〈盲人畫家〉其中的「心流血的幅度才是最真實，您把他畫成一幅思想，不需要顏料，流個汗、滴個淚、幾片葉，便完成」這幾行句式說明盲人畫家的處境和心聲。有直擊的強勁感，若再往下讀就會略顯鬆口，短詩較能掌握脈動。葉雨南對詩句的鋪陳面積不必太寬，否則句和句的節奏會跳太快，呼吸太急促。這首「窯燒一滴淚——致陶藝家林添福」從第一行到最後一行結構上有散文形式的樣貌。而其中四句「時間停不來，桂花照樣開，歷史排水一朵一朵芬芳，在盆栽裡漂泊，訂做的陽光。每天蓬勃整座城，彷彿世界的開關，永遠是開啟的……」這幾行很精準的敘述陶藝家面對的自己，用情境生命寫詩的人，才是詩人。在葉雨南詩作裡發現詩歌的核心和對自己的信念，一直是他堅持的。但相較於太長的篇幅詩章就比較難凝集焦點，且節奏感容易散失，其實葉雨南有很多單句意象很美的句子；如〈分手查號台〉裡的「按下我，您會不見，您會看不見自己」，又如〈咖啡霧〉裡的「拉花的心成了霧，還是不要喝完，讓我們的夢，繼續模糊」以及在一首叫做〈月亮的另一層皮膚〉裡有一句恰如其分的好讀佳句「滿身是光，怎麼洗都不會暗」。令人叫絕的意象遍佈在這本詩集裡。尤其大量用跨界題材和跨界語言構築自己的風格養成。在他詩篇裡會讀到許多不同族群的後裔組合元素。如〈心臟的避雷針〉內藏有「樓房」、「血液」、「瓦塊」、「貓」、「碎石」、「魚骨頭」、「窗戶」、「盆栽」、「氣候」、「陽光」、「紅色」、「空氣」、「音符」、「雷」、「光陰」、「衰老」等。在短短十五行詩裡佈局那麼多的元素支架，除了想像之外，節節滿溢不絕如縷的佳構虛實散置其中，重疊映照，引人深思。

其實在這本詩集裡有很多篇幅的詩作，如〈月亮劈腿〉、〈時間走在路上〉、〈雨傘懷孕〉、〈這座蛀牙的城市〉等。作者試圖用暗喻的行文去掌握心中某些的留言和意象，而其中也有很清晰的貼裱概念。在這些詩句中我們讀到葉雨南充滿帥氣率真的組合邏輯，創新而跳躍、剪接而融合，在在都是作者想要書寫的出發點。

總之，葉雨南是一個可以期待的優秀詩人；除了天份，更有渴求對自我寫詩的極度幻想。他藉著網路或紙本不斷書寫，展現情感和現實共生的詩界國度，企圖邁向更高更寬的境域。少年葉雨南有不掩飾的情欲和對現世的交涉斟酌，其所流露的是束縛的世界揭露以及嘗試對精神的放浪敞開。葉雨南在逆流掙扎中。逐漸想去尋找自己的位置，做為詩人在這方面是很辛苦的，相信個人的努力和才華之外，大量的閱讀、大量的歷練，相加相乘，詩歌將會給予葉雨南掌聲。

他孕育著詩

蔡文騫

他的世界，隨處孕育著詩。

雨南寫詩肯定更久了，但短短一年，又出版了第二本質與量皆有水準的詩集，詩意豐饒，創作能量強盛。

晚上十二點左右，臨睡之際，臉書幾乎每日都會傳來訊息通知，雨南又在詩論壇發表了新作品，好像有永遠用不完的靈光，這實在是寫作者最羨慕的事了。

年輕而敏感的心靈，往往被認為是天才詩人所必備，但鍥而不捨的鍛鍊，是另外一種必須，一開始收到詩稿，有點詫異，一個十幾歲的小男生，怎麼會訂下這樣的書名《雨傘懷孕》，以懷孕為意象的，多是女詩人前輩，讀完詩集中壓軸的這首詩，我好像理解了，日日在凌晨的街道上，雨南等待著捕捉一場晴天，或是一場雨，吸收世界的各種訊息，溫柔地膨脹，溫柔的姿態搖晃，寫作的內在歷程總是有痛苦的，但詩人願意捨身為柔軟的床，生產出美好的詩如晨光。

新一代詩人很多，對讀詩的我們來說，是一件幸運的事，而雨南無非是佼佼者，除了獲得傳統文學獎的肯定，在各大詩刊發表作品，也積極於新媒體上活動，交流切磋詩友的創作，偶爾亦發表論述自己的詩觀，有時候一天就刊出了好幾首詩，我並不清楚他的日常，但就側面觀察，他簡直是把所有的時間精力都奉獻給詩了，年輕的創作者雖多，能如此全心投入詩，他絕對是其中令人刮目相看的。

從上一本詩集《真空的夢》開始，我一直認為雨南的強項之一，是篇幅相對精鍊的短詩，精巧的譬喻，生動的意象，口吻有時候似乎脫胎自童詩，但又能將詩意處理至藝術的層次，這樣的優點，在新詩集開場的輯一，依然可以見到，例如集中第一首詩：

月亮的另一層皮膚

在我的身上

安靜了好久

都不曾脫落

我鬱悶，今天不能洗澡了

滿身是光

怎麼洗都不會暗

雨南的詩也可以發現大量的明喻、隱喻或暗喻，情人似雨、母親像海，雨和海浪，似乎是他大量動用的意象，但在細膩的觀察與文字裡，有了各種豐富的層次以及形象，另外有些詩句，以網路語言來說，可說是種神比喻，無比精準又讓人印象深刻，例如：

歷史敷面膜

每個人都在幻想

它拿下面膜之後

世界會不會繼續乾燥

到了輯二輯三，詩人用詩處理的問題變得更複雜，他有時帶笑臉面具質疑世界，有時候探索內在，如光反覆反射折射，實像虛像，探照自己與別人的痕跡，還有試探距離。

他也關心遠方的氣爆，留意賣米的僧人，城市裡的流浪漢與醉漢都是可以昇華處理的題材，現實的議題，對寫詩的人往往是最難以拿捏處理的，雨南還很年輕，正要開始涉世，我期待他持續挑戰這樣的詩。

他的身體

從出身就有酒味

他的臉
像甕
用力就破
…
靠近他
酒味像蝶
飛近手臂
展翅成燈火

輯四的名字是咖啡霧，裡面多首詩以物件客體出發，泡麵、咖啡、杯子、牙刷、信件，從日常中提煉出詩來，熱氣裡詩在氤氳成型，杯底咖啡渣是隱晦的詩的線索，在這輯裡他也實驗了文字諧音的趣味，以及嘗試以諧音創造出詩的歧義，例如碑子／杯子／悲子或飢餓／雞餓，諧音聯想不是新手法，但是當代最容易被普遍接受的創意方式之一，也許也是年輕創作者可能的優勢，希望雨南能將此手法更加精緻化。

這輯裡我特別喜歡的一首小詩是〈彈珠台〉，哀傷反覆在星球上撞擊出凹陷的海，洞口永遠閃著光點呼喚一個人回來。

每一個撞擊
都在月球表面
累積一次哭泣
每一個光點
都在洞口呼喊
妳回來時的神情

雨南的詩裡，恆常有個傾訴的「妳」，而在輯五裡面，他的詩交談的對象，許多是自然現象，月亮、風、春天，皆可與之對話，接受自然萬物的賜予，有時候則是對峙對壘，這和許多各種藝術是一樣的，他反覆提及耐性、再見，童年的結束等等時間議題，年輕的詩人也發覺到時間的魔法，以及為了追求永恆的美，駕馭對抗此魔法所必需的努力，下面的詩句，亟欲抓住青春，寫得甚好：

海　泡濕我的手掌
青春的掌紋
發炎了
我不知道怎麼辦
握緊拳頭
潮　就散
拳頭鬆開　潮就襲來

在輯六與輯七，在詩的風格上似乎有些更成熟的轉折，短詩向更短的五六行前進，卻能保有張力和解讀空間，長詩的篇幅也拉長到更需展現技術也更能包容主題的長度，雨南大概也善於中國笛，笛聲非常難寫，幾首詩的意象略為傳統，但可以隱約注意到，在這兩輯收錄的詩作裡，詩的音樂性變強烈了，雖然有時仍出現稍嫌不自然的空白或標點，但越來越能掌握對句、跌宕，讓詩的節奏帶領詩前進。

鮭魚的卵躺在椅背上
玉米的甜歇在腳底板
章魚的腳顫動著夜晚
月台的影子跑到車上
牠們的飢餓捨不得下車
鈴聲響。嘴裡掉落了飯

最後的輯八名為奇蹟，詩人強烈的情感可以更為節制收斂，轉化為詩的藝術的形式表達，例如：

只有在這一天
妳的吻是乾燥的
像無人經過的沼澤
我拴緊水龍頭
幾滴夢依然冰冷

又或者這樣的詩句：

我在對岸看著妳
不想說話
怕說出來的話不是四四拍
沒有安安穩穩

我從不懷疑雨南有詩人不可或缺的詩心，但有時對他快速直覺的詩句稍稍可惜，而顯然在這幾行詩裡，他已經有高度節制的能力，一樣是向「妳」傾訴，能避免口語或太過直接的譬喻句，經過詩人的思索，在詩句裡同時展示技巧和情感，虛實轉換，留下適當的空間給詩的接受者或讀者。

雨南在自序中問，詩為什麼不能是一個遊戲，他也許願，希望能幫詩找到一個家，容許我在這裡，用雨南自己的詩句呼應他：

嬉戲以後，淚水找到了河流的方位

寫詩是快樂的或流淚的，雨南寫得比我多，他更清楚箇中況味，所有的淚水都會找到自己的河，所有河終能成為詩意的海洋，詩會幫詩人找到家，請詩人繼續勇敢不要害怕流淚。

2015.7

詩的家究竟在哪？

葉雨南

寫詩就像詩對我說話我對詩說話那般融合。苦中要作樂必須享受一切艱辛、一切鬱悶，人生的時間極有可能像寫完一首詩那樣的短暫而單純。有時候照一面鏡子，看到一樣的自己會感到孤單，如果它還擁有一塊碎片那傷口會更難癒合，這個時候就需要「詩」來止血。有時候我會很納悶為什麼詩不能像是遊戲一樣被絕大多數的人喜歡？但這個問題總是多半處在無解的狀態。詩不就是一個遊戲嗎？而且決定權還在自己的手上，所有的人物設定、背景音樂、模式，都是全權由作者本人來決定的。要在遊戲中闖關、冒險，全看作者的思維，看他如何帶著詩穿越一片叢林或是一座沙漠，這是多麼過癮、多麼享受，毫無拘束可言的一件事情，但為什麼它在人類的眼中好像一顆不耀眼的流星，經過你的身旁卻要當作沒看到？是因為它難懂？因為它無趣？還是因為它沒有特別需要？或許其實都不是這些原因，而是大家忽略了文字的存在、忽略了文字的真理，而受到更多物質的誘惑，可是這是非常矛盾的，所有的物質就是組成詩的元素，它們不斷的合作、溝通，直到有一個詩的雛型生命般的存在著啊！這不是也像魔術？魔術表演有人看，一本詩集為什麼還有可能乏人問津？所以我希望詩不要再流浪了，雖然它在旅途中感受了所有的酸甜苦辣，但它也是有情感的，所以也和人類一樣需要一個完整的家。

我希望它有一個家，所以出版了「詩集」讓它感受書頁的溫暖還有人類眼睛的情感。詩就像是我生活裡的空氣一樣，彷彿隨時都在我的身旁守護著我。每個人對詩的定義一定都有議論的空間，但最起碼它有可以改變一個人一生的本事，可能大家不會相信詩有這麼大的能力，但我就是相信了，因為正是它改變了我的一生還有生活的態度認知。

「雨傘懷孕」是我的第二本詩集，距離第一本詩集「真空的夢」出版還不到兩年，我期許它誕生更多元的思想、更感性或者理性的氛圍，當作我這一輩子回憶裡的金塊，假若老的時候想起它眼睛還會發亮，我人生的遺憾將會大幅的減少，甚至還會更珍惜生命的源由。

這本詩集有收錄我的得獎作品、詩刊發表，還有平常在網路上的詩作，每一首都像我的血肉般珍貴，所以我相信著它們的呼吸，希望它們和我一起享受現在以及未來的時光，我不知道它們是不是都會一一發亮？但是我相信它們被我的鍵盤創造在電腦檔案裡的那一刻，就已經是一顆一顆星星了。

雨傘為什麼會懷孕？因為它相信不一定只有陰天才會下雨、晴天也是會下雨的，就像我的人生一樣充滿許多彎道，但只要願意前進下次，相信懸崖都有變成柔軟的床的一天，而在這一天到來之前，我要誠摯邀請大家踏入我詩中的世界，像玩遊戲一般純粹的活著、愛著，讓詩像家人一樣關心、呵護，這樣是不是會比較親近「詩」呢？或許不會一下子就有答案，但是只要感受它的溫度，它將會帶給你前所未有的奇蹟。

輯七　中國笛

輯八　奇蹟

雨傘懷孕　

【雨的性別】

溫柔的妳
像毛毛雨
粗心的妳
像雷陣雨
花心的妳
像場大雨

瀟灑的你
像場大雨
羞澀的你
像毛毛雨
怒吼的你
像雷陣雨

妳在哪裡溫柔
雨慢慢從眼淚裡滑落
妳在哪裡粗心
雨迅速從髮間掃過
妳在哪裡花心
雨不斷在妳懷裡滂沱

你如此瀟灑
雨就落
你如此羞澀
雨就躲
你如此怒吼
雨就剁

雨啊！到底是妳還是你
有人說別回答，儘管任性地下吧
下在天色暗的時候　下在天色亮的時候
下在我們都回家的時候　下在我們忘記撐傘的時候，總會
忘記妳（你）和我

月亮的另一層皮膚

月亮的另一層皮膚
在我的身上
安靜了好久
都不曾脫落
我鬱悶，今天不能洗澡了
滿身是光
怎麼洗都不會暗

我還是進入浴室
但　皮膚沒有拉鍊
至少它和水一樣光滑
我該慶幸
不是被一層土覆蓋著
然後，被陽光遺忘

我從浴室裡走出來
發現腳彎向窗外
臉彎向窗外
頭也彎向窗外
頭髮不見了

盲人畫家

你知道世界是以黑白為中心
色彩已經逐漸褪去了流行
（你這樣安慰自己）
還好耳朵代替了鏡子
不用與自己的分身　革命

服裝打扮如空氣
路崎嶇與不崎嶇都是短暫
心流血的幅度才是最真實
你把它畫成一幅思想
不需要顏料
流個汗　滴個淚　幾片葉
便完成

女人坐在樹下
（你怎麼知道是女人？）
你說，溫柔能夠一一辨識
從左耳畫一個彎到右耳
像一座橋讓回音祕密招手
不用幾分鐘，她的聲音
坐到你的懷裡，把你當船
希望你用生命前進

你住在別墅，坪數大小交給了孤寂
眼神像花瓣般掉落
找不回時光的視網膜
她在樹下種了一朵花
你卻一清二楚
因那朵花是你母親的灰燼
釀成的種子啊！

換鎖

我從妳的淚水裡
走了出來
不知道什麼時候進去的
有一段時間即將旱災
我鎖住了門
把太陽關在裡面
妳卻說：好冷

妳鄙視太陽
他靠近妳一公分
妳就掉一滴淚
當他抓住妳時
就變成瀑布

我掉進瀑布裡
再敲敲房門
門的心已經歪了
鎖換了
我的右手是一把生鏽的鑰匙
妳始終不敢用力緊握

影子種植

妳在我的心裡經營花園
我要求妳每天都要付房租
在我睡前摘一朵夢送給我
玫瑰和百合開在我的齒縫
最毒的香氣需要妳的吻填空

我的憂鬱是頑固的雜草
長了，妳就用嘴巴修剪
牆永遠擋不住太陽的真心
不必害怕角落
「小聲說！」
磚塊墜落像我的身體伸展的
如此撕裂、如此傳說

再往上疊、再往下放
就會看見我們彼此的影子
多了一雙耳朵
聽聽太陽哭泣以後的沉默
雨要歸來了！
趕緊把影子種在屋簷
種在我的心臟裡
妳說：「別怕痛，請讓我安心。」
跳動就像盛開花的花朵
擁有星空向前吻妳的笑容

母親像海

母親在廚房
把碗盤疊高
抽油煙機的聲音像海
飯菜都涼了
柴米油鹽所剩不多
多的只是她過期的眼淚
滴出來的浪、滲透出來的海

我曾經以為她的心是一座海
肺是一座山
孤單的海
浪花不會凋謝
她的青春卻因為乾燥
被陽台曬乾獅子座的勇敢
我每次抬頭的時候
天空都會發出一陣怒吼
然後雨就趕過來陪我

長大的時候
星星告訴我
她已經爬不到山頂
海浪已經不和她往來
我只是一個不會哭的小孩
不懂得眼淚如何下飯
她的身形慢慢演化成回憶的燈檯

花說它是一滴雨

要遠行了，步伐混入孤單
背影讓夕陽帶走
我不會留下
行囊放棄重量
空如我的腦袋
在風的追趕下，起程

念頭，上了鎖
家門遙遠的訴說
距離違背了良心
馬路扛起肩膀
等待，一種說不出口的隨想

花說它是一滴雨
要我留在身上
香味或成長，已不重要
保存期限是生命的長度
路走得多久
它的落下，才不會標記黑暗
而是綻放陽光

我用翻書的聲音和妳說話

一本厚重的書
簡單的放在桌上
像我獨自躺在床上的模樣
簡單的俯視大地
以往妳都在身旁
陪我曬太陽
現在，妳住在星空上
只有夜晚時才能看著我
我手指一揮，就能聽見輕聲
在我的耳邊，背誦些許思念

一本厚重的書
放進紙箱，前往下一個地點
像是一場旅行
手腳是頁數，鼓噪著冷風
我載著書，未知在警告我
千萬不要遺漏
包括星空上的妳
嘗試推演著我眼角的光線
是否目擊妳瞬間的消逝
我用翻書的聲音和妳說話
一頁接著一頁翻
內容敲打著心跳
直到旅行的終點，我才得以遇見喧囂

觀音蝶

花瓣於無形之中
雪白
那冬季的寒
慢慢催生夜的冷顫
你我是大雪的產物
滾成小小的緣
然後　散開

不知何時
遇見蝶一隻
世界飛了起來
多了紅塵色
雪變得緩慢
眼淚流不下來

花非心
心似蝶：觀音
那樣靜的姿態
讓雪來膜拜
讓你我打禪
我走
走一時
你飛向天空
霧換取你的悲和愛

妳的吻會讓我過敏

別靠過來
身體彎得像海浪
卻沒有那種波瀾
愛情不能偷工減料
得一步一步爬上那座山

山裡的涼亭
種滿了花和妳的影子
就是少了我的背影
或許　那朵蒲公英
是我送給妳的禮物

妳意外發現我，夜
好奇的關掉了燈
我們靠得太近
月亮和太陽從來沒有像我們這樣
妳像風一樣親吻了我
我打了連續噴嚏
想我的究竟是誰啊？

離別發明家

既然妳要走
就把夢遙遠地留下來給我
讓我拿來發明歲月
聽聽文明的聲音

轉開電視遙控器
妳的臉慢慢浮現
一道社會邊緣的痕跡
我關掉聲音
像找不到妳呼吸的地址
電視太老舊
妳的身影推陳出新

門牌號碼在哪裡？
在妳分岔的頭髮裡
白了思考的線徑
緩和行動的根據

拔掉插頭
白髮掉光
電源接觸生命
唯獨牆壁在隔離

妳住在這條巷弄
綻放滿滿花朵的地方
所有花朵看到妳的離去
都跟隨我的背影
住過的地方就別在回去

人工呼吸

海在妳的身體裡流血
藍色和紅色混合成黎明的顏色
岸像一支悲傷的手錶
綁在妳脆弱的左手上計時我從
遠方來到這裡需要多久的心跳
秒針像一朵凋零的花
在愛情的框架裡掙脫
土壤溫馴的掉落在地上
眼淚無形的撿拾
船依舊如天空般不動的停在海上

妳躺在岸的身上抱怨它沒有肩膀
泥沙被妳摩擦彷彿已經瘀青
天空暫時代替我的眼睛守護著妳
對不起，我來晚了！
夜像一枚舊戒指，妳被緊緊戴上
現在我需要妳把它扔在我的心
身體靜止像一幅還沒完成的畫
裡面的雕像，我的唇是筆刷
慢慢的貼近妳的唇像是在補救
離別時過多的留白
我不斷的畫，作品還是沒有完成
妳依舊躺在岸的身上
享受我的彩繪，終於畫了最後一筆
妳在我皮膚的擁抱下，如月光醒來

心臟的避雷針

樓房如皮肉容易流出血液
瓦塊慢慢的疊
貓在一旁偷看
碎石落地會不會像魚骨頭
一樣刺？

主人沒關上窗戶
頂樓的盆栽在討論氣候
未卜的陽光陰涼

紅色的瓦塊
裂開，空氣切分
音符一個一個往上拋

雷，匆促接住
又丟了下來
它承受不起光陰
以一個衰老的幅度，下降離去

後照鏡

歷史敷面膜
每個人都在幻想
它拿下面膜之後
世界會不會繼續乾燥

它向後看
不向前看
與鏡子商量
一個小時之後淚水不要變成
子彈

擁擠專利

望遠鏡買下天空
屋頂興奮的笑了
我和妳站在恐懼的食指上
金色的筷子夾不住婚姻
星座發出納悶的嘆氣聲
原來，我們戴上的項鍊
都是宙斯掌管自由的罪孽

食指越來越擁擠
這個季節別提愛情
戒指的磨擦是鐵軌忘記吶喊的聲音
我們從沒發現
光　盜走我們的身體
印在天空上
任由雲朵戲弄

遺棄的紅地毯鋪在灰塵裡
多麼艷麗的燈
迅速風吹我們的腳印
你踏成一個女人的影子
我踏成一個男人的影子
我們坐在告別的身旁
愛情的胃不能消化永恆的分離

懸腕

提著一顆心
在月光上書寫
把世界寫的光明
每一條街慢慢的靜了
沒有墨水了
只能用星星代替
讓閃爍文明每一個詞彙

妳太安靜
我在月光上
看著妳的身影
寫不出妳長髮般的細
手臂抬高，微彎
這是我凝視妳的距離

【傷口的味道】

你被時間包扎
我不能塗抹傷口
心情像被攤開的報紙一樣亂
寂寞被下了標題
早晨的習慣養成了所謂的
孤獨

我被困在時間裡頭
為了尋找出口，寧願
背負一切的傷痛
所以，暫時足不出戶
不與明亮的光線接觸
僅讓我的眼眸睜開
我想，這就是唯一的光了

逗留在時間的範圍
能做的夢就是停止
呼吸和睡眠，選擇遺忘
讓乾淨的手伸向窗外
撫摸像月亮一樣的臉
再轉過身和影子宣佈自己的光
將慢慢地晦暗

有誰聞到一種味道
被時間流逝又被人們守護
你被時間包扎的手
我不能緊握
只能讓距離更靠近
讓我們的眼神更遠離角落

窯燒一滴淚——致陶藝家林添福

睡夢中降下的雨是陶土
你在房間的縫隙裡來回捏塑
手掌反轉歷史的容顏
歷史慢慢地被矯正
像一幅放在角落的畫
竹南的繁華籠罩夢裡的氣壓
夢裡熟睡的溫度，恰巧適合蛇窯

雨穿透時間，夢開始凹陷
記憶拉著一頭牛開始耕耘、冒險
九個年輕人曝光自己的影子
在太陽底下建造自己未來的故事
光陰是一張椅子，他們不約而同地坐下
感應結實的陽光，照在臉上
那微微泛著虛無的初老
象徵著大樹搖曳清風的果斷

九天的日子足夠駕馭文化的誕辰
二十三公尺的命脈，是汗水製作而成的
時間停不下來，桂花照樣開
歷史排水一朵一朵芬芳，在盆栽裡飄泊
訂做的陽光，每天蓬勃整座城
彷彿世界的開關，永遠是開啟的

終究會日落，軀幹終究會打結
時間推著我們的腳步，卻無法挽救
口袋裡微薄的鈔票，鑑識著自己的手
已經無法像從前一樣熟悉地撫摸
連陽光的出現，側臉都覺得疼痛
心想，文化的成敗是不是在我們的手中
該是改革青春的時候，讓心靈喝一口水
在恬淡中悠遊一陣子，升級的靈魂
是時候了

樂趣，是時間和生命製成的
靈魂推敲一面鏡子
適時看著自己的臉
食指沿著皺紋比劃出夢的路線
在醒來的那一刻，推演著藝術的光澤

時代的風氣，改變一個人的誠懇
卻無法猜測，歷史在流行什麼
或許是流行茶香吧！
恰巧捏塑的茶壺、茶盤
懷念歷史走過的路
開始盛行，被自己的雙手包裝成星空
眼前的路，開始多了一條
不會被歷史絆倒的叉路，怎麼選擇
或者冒險，不如，把命運綁在手上
讓風箏追逐著背影的燦爛狂奔

回憶是晦澀的指紋
如今雙手的繭，多得像絲綢
厚得像陶土，才更加明確
當年的雕琢，是為了在年老時
替時光燒窯一滴淚水
而你從睡夢中醒來，雨不見了
桌上的茶杯溢出了水
抹布不在周圍，要擦拭
也會以為心是漆黑
所以，看著凹陷的杯緣
用盡全身的力氣，讓當年的夢
花了一甲子去修補明天的歲月

笑臉面具

你把世界戴在臉上
怎麼樣都拿不下來
唉！它重得像一塊大石頭
不久之後，臉就灰了
你也不是池塘啊！
大石頭不能永久居留
只能搬到別處
別處？是心裡那最深的地盤吧！
夜晚風狂吹動著啊！

世界操控著你
把你當成機器人
派你外送笑臉給人們
但　臉部表情僵硬
腳步走起路規規矩矩
一條直路，走不成彎路

你回不了家
記性再好，像迷宮一樣的心
還是找不著

你縱使回家了
家人神隱，憂鬱還是

浮不出水面
石頭還是下沉

我給你戴上面具
電源消耗殆盡
世界轟隆光亮
你只能勉強笑著
笑到地球公轉一圈
我才把面具拿下來

分手查號台

九個不同的號碼
獨立在電話裡頭

0：不要按下我
按下我，你會不見
你會看不見自己
1：你如果按下我
心理要準備
從起點開始預備

2：你如果貪心
把我按下
我會加倍你的一切
3：我保證你按下我
馬上跑到山上
躲雨

4：你明白生死嗎？
還是你事事順心
如果這樣，請你按下我
5：你不用按下
你就是我
你是我的一面鏡子啊！

6：你按下我之後
一定會跑走
跑到海水漲高了
還看不到盡頭
7：你如果不幸運
一定要按下我
我會送命運給你使用

8：你如果缺錢
把我按下
我是財神爺，你的世界
從此都是金黃色的夜
9：如果你要離開我了？
把我按下，電話會自動
中斷

一名男子打電話到這裡
按下：06
開始轉接
聽見：一個男子和一個女生吵架
吵完架後，他不停地奔跑
也看不見盡頭
於是他再按下：9
電話就中斷了

房子的脂肪

蓋一棟歲月
需要多少時間才能完工？
磁磚的手雖然粗糙
卻還是毅力的把微光往上搬
搬到它發亮了才願意休息

便當的味道像泥沙
嘴巴是荒野
願意接納
空盒子似乎是歲月的雛型？
不能丟在空地（太危險）
被撿走的時候
狗的叫聲絕對可以讓
一個屋簷的聽力
失聰

它每天有太多願望要消化
有時候腸胃不適
肚子痛的快要崩垮
我把藥粉加在電鑽上
它瘦成了一個疤

光的自我理論

光，直走
走到底後右轉
看見一面鏡子
再走回來
（如此重覆匆忙）
他耽誤了早起的影子
於是開始哭泣，練習逃避
城市的街道都被他走遍了
唯獨天上的星星他無法到達

星星從不流淚，但
今晚例外
外太空掉落一顆隕石
她覺得可惜
於是，向光借一面鏡子
折射出他的痕跡
慢慢地移動到手指頭上

手指頭頓時重得像洞穴
不能輕易往裡頭躲
十根手指頭：一顆隕石
和九道光競爭剩下的黑夜
黑夜不停地跺腳，白晝依舊等待
他倆之間隔著一個吻的距離

卻沒有人願意為他們
親吻

有人掀開了簾子，記得嗎
他們是光，卻怕除了自己以外的光
不敢靠近，久了之後
自己慢慢變黑
像一塊木炭，讓星空烤火：
又可以看見一道光了
（然後蓋上棉被繼續瞌睡）

夜晚，藏走了大部分的他們
他們躲在棉被底下　偷哭
哭了好久，才找到眼淚
眼淚多得像雨
雨已經好久沒落下了
一大片的眼角泛黃
眼珠子老舊了，不能替換
但可以更改吧
隨處找了一付眼鏡戴上
發現自己更亮了　更時尚了

戴上眼鏡之後，反而
縮小了。
只看得見自己
看不見別人

別人的亮度　不亮
別人的自由　已盲

眼鏡拿不下來，他們
一個人戴一付眼鏡
（這樣就夠了）
星星喝醉酒，掉進棉被裡
他們：有你們陪，我會忘記光
天空失序，世界找閃電開路
每個人的耳朵，都需要一個耳塞
我不需要：我有光

醒了！
（看見鏡子之後）
別和未來說我看見你
你翻著日曆
越翻越用力，像整裡行裡
順便把我丟進去：咦？我在哪裡
我在被你撕下的日曆上，準備要
再度遠行

電話在凌晨五點哭泣

我去接妳，神經最發達的一刻
在耳膜被想念不斷搔癢
妳長時間失眠，惟有世界開始說話
睡眠的字典才陸續打開查閱
我願意成為妳無聲的耳朵
讓眾人的語言宛如汽機車排放早晨的忙碌
妳只有在哭泣的時候才會想到我
我的手能當一隻綿羊讓妳觸碰、放牧
但妳哭泣的聲音聽起來比夢的腳步聲
還要混雜，我總是橫跨著一切距離
安全地到達妳的身旁
接起所有不安的跋扈
無人應答使妳感到孤寂
就讓我來和妳學習哭泣的技巧
看是要斜著哭、還是要躺著哭
但要記得眼淚是必須要被時間收費的
（別哭得太久）

食物鏈

雲層包圍藍天
鳥群覓食思念
花朵吸收雨滴
傳出共鳴的聲樂
（大自然的序章盪起鞦韆）

窗牖關上，叩
像落地的零錢
滾到貓的腳邊
爪子割傷無言
我織的毛線，把明天拉得很遠

好友來訪
晚餐僅有臉上的想念
兩人在桌上窺視一朵花
卻不知道自己的影子比較美

貓當模特兒，在我的腳邊
看昨日吃剩的魚，攤在桌面
魚骨已清除，有刺的是深夜
爪子勾不到，失望乾瞪眼

好友已離別
清理桌面容易

自己的思念不好收拾
關上門
不知道已經關上了時間

這一夜的巷弄瞬間盲了——悼念高雄氣爆

呼喊光芒的火球滾成一場雨
（雨藏在管線的內心）
行人是一隻隻蒼蠅漂浮不定
討人厭的聲音被埋在雲層裡
今夜的雲層：不開放巡禮
火種向一條條巷子前進
彷彿部隊的救援聲音慢慢壓低

我從未來過這裡
眼睛被過動的思念挑逗
赤裸的站在哀愁的火炬裡吶喊
回應我的是一道一道無情的閃光
照在傷口的軌道裡載運
列車：今天不行駛
平交道由淚水管制

巷弄們都病了
我要去哪裡找藥膏
把回憶貼在他們的腰間
得越過來時的路
得再踏過一次恐懼
皮膚瞬間褪成老去的天使
我拆下自己戴過的光圈
丟到每個廢墟的頭上

他們看不見我
他 們 看 不 見 我
身上留著煙火施放過後
霧的傷疤
十字路口的旗子不再揚起
隔天，我撐著黑色的傘和黎明說話
耳朵裡的聲音被遙遠踩平
蠟燭的芯沿著軌道　溶化

軟體

我安裝妳的吻
在電腦裡
每次一開機
頭就開始暈
汗就開始流
覺得思念好恐懼

偏偏吻有香氣
聞得到
但卻模糊
所以
我只能選擇關機
讓香氣滲透到過去

和尚賣米

下大雨，唸經
樹不會太快老去
人不會太慢告別
一個和尚蹲在街上　賣米
拿一個像天空的桶子
裝進好幾斤的米

人群慢慢靠近
他不語不語
其中有一個老人
拿一個大袋子把米裝進去
就默默的走離

他還是專心的唸經
唸給那些剩下的米聽：
你們造的孽是營養是自然
是淚水是肩膀是團聚
但絕對不是愛心
米　慢慢的綠了
他們的眼睛藍了
有些人漸漸離開
退著走　走向樹微笑的後側

和尚賣米
沒有貼價錢
他還是繼續唸經：
有緣人啊！別買了！
我送你「緣分」一斤

妳的眼睛是風暴

雪在我的面前
落下
雨在我的面前
徘徊
焚風在我的面前
停擺

大自然值入晶片在妳的腦海
我用吻觀看
嘴對嘴換來的情感
只是雪落下時的快感
只是雨徘徊時的傷感
只是焚風停擺時的灼熱感
我們對看
妳的眼睛透露遺憾
光、暗，已離開
人事物，透明了戰爭時的夜晚

對看我們的世界
埋下最深的炸彈
不可以挖開
妳的心臟除了我的吻
什麼都承受不起啊！
如果風暴襲來是在妳的眼睛裡

我不可以偷看
它們的浪漫
恐懼卻不斷在破壞世界的
對白

流浪汗

身體代謝光陰
躺下；望遠
城市是肺的內部
呼吸著我們的肌膚

肌膚是一輛列車
向明日行駛
排出汗水
流在日夜的交接處

坐上列車
流汗
背是瀑布
到站了；峽谷傾訴

寫給妳的無言

最後：
時間抽搐的樣子十分委屈
內行的妳知道生命是塑膠做的
壓扁了，就不會還原
妳把自己和未來分類
給星空載到遠處
我看不到的地方
就像妳的後腦勺

妳的後腦勺，髮量很少
少到我可以種一朵花
種一盆影子，澆水
讓我養的貓用爪子
施肥

我養的貓也走遠了
像妳一樣
輕輕的
粉底像流星
拍一拍就許一個願望
但妳從來不許願的
我關上家門
摺好信紙，鏡子慵懶的叫我去入睡
碎片是唯一的安慰
寫給妳的無言

#【月亮劈腿】

她沒有雙腳
居住在天空至高處
卻不會覺得孤單
從圓形慢慢被自己的汗水剖開
汗滴了太多，天空底下放置漏斗
裝了一些憂鬱的沉重

她被剖成一個彎
像一道眉毛被雨滴細細地溜過
多麼俏皮多麼傷感
彎到玻璃窗前、彎到斑馬線
沒有人訝異。
都知道那是短暫的，好比他們的疲勞
都被寫在每天捏碎的報紙上了

我走到她面前
坐下，雨滴成石頭
我不能動了
她彎成一雙腿
延伸在延伸
已經碰到世界的另一端
我走在橋上　望去
身體飄了起來，她的一身已圓滿

他是酒

他的身體
從出生就有酒味
他的臉
像甕
用力就破

別碰他
會醉啊！
點一根蠟燭
燒起沉默

靠近他
酒味像蝶
飛近手臂
展翅成燈火

你把機會嫁給命運

這沉默過海而去
霧嵐的迷宮蜿蜒
看海的星星，已倦疲
忘記天上的路
卻不能標記白夜

只能暗自熟睡
睡到歲月發紫
它才從疼痛中醒來
驚覺自己住在鍵盤裡面
按一個鍵，青春都會多一個逗點

幸好不是句點
機會才得以延續
延續誕生命運的三呎線
機會和命運相互賽跑
偶爾撒嬌　偶爾牽手
卻總是在島嶼的中間
分隔

總會有一天
你把機會嫁給命運
讓他留在教堂裡
穿著乾淨的西裝

給命運的嘴唇親吻
那你呢？
你站在他們的中間
被眾人的手指按壓著

蒙古包婚禮

雲朵在冬季開始飄移
游牧民族的腳步顯得凝重
騎上馬匹追尋愛戀之女
鐵蹄喚著冰冷的嘴唇
似緩似慢的奔馳
只求一個像吻一樣的距離

雨發誓：明日一定天晴
他們互相坦率溫柔
東南方的風留在耳際
願天窗的煙筒一直暢通呼吸

西側的父母等待微光
木質碗櫃上擺滿相片
彷彿剛洗好的碗盤
疊在我們合照時的上方
像一盞一盞燈照亮我們的團聚

夜晚的氣流匆匆凝滯
如他們明天的日子漸漸到來
穿著像月光的長袍舉著酒杯
馬匹守在外頭淋雨
忠實的心默默牽住主人
一盞燈滅熄，等待日出如朱紅色的墨一般均勻

天亮成帽子的顏色
在兩個人的呼吸下奔馳
搶過來的親暱　雖
不一定符合尺寸
仍丟到草原的手掌心
讓他去撿拾

繞了三圈
心靜成玻璃
歲月慢慢擦拭
穿過生命的兩堆旺火
火神趕走風塵貢獻未來的數多印記

近視的魚

一隻魚打破一個魚缸
牠騙主人說：不會游泳
但我每天看見牠游到我的身邊時
我是半透明的玻璃
牠是黏我的水草
只有這一刻，才會忘記自由

一隻魚又打破一個魚缸
主人剛買新的魚缸
牠騙主人說：這是舊的
但我每天看見牠游到我的身邊時
光線並沒有泛黃
燈光還是很亮

主人不再買魚缸了
我請了魚醫生來看牠
魚醫生拿著放大鏡
慢慢摸索牠一天的生活
魚小得像牠的痘子一樣
痘子人們都討厭
魚卻有人喜歡

牠被魚醫生帶走了
我和牠互相凝視

此刻，我像魚缸
感覺可以容納牠
但牠要離別了
不過，至少牠有在地板
留下一滴泡沫讓我當作紀念

夜晚的模特兒時裝秀

1

孔雀從動物園離家出走

飼養員的眼睛像貓

從二樓看向一樓

餘光往下跳

照相機閃光鼓掌

2

女人是星星

長地毯伸懶腰

一不小心

她摔倒了

3

皮膚是才藝

身材像真理

保養品和小蠻腰

收在謊言的抽屜

4

記者：他是你的男朋友？

她：單身是一壺酒

放久了才香醇

5

臉上有緋聞

沉默是粉底

傾倒之後就太平

6

美醜的定義

不停穿梭細胞的時空

她穿著雨

她穿著太陽

她穿著蒜頭

她是一件衣服而已

7

私人領域

別把你們的颱風天

逼迫我的沙塵

顏面而去

指甲脫落的同時，地球裂了

血啊！
你知道自己怎麼出生的嗎？
我來告訴你吧！
你是從我的身上我的心臟裡
經過時間的熬煮而誕生的

血啊！
你別破壞我黝黑的膚色啊！
別破壞它們的情感
如果要流瀉，就往遙遠的陸地
輕輕的放下自己的菌
絕對是無毒的

血啊！
你愧對我的愛人
你沒有把我身上的血
流向她的肌膚
讓她用一生的時間
曖昧地去碰

血啊！
在我的指甲脫落之後
你就要離開我了
到了其他地方

記得不要作怪

不要悲傷

但　我怎麼看見地球裂成紅色的形狀呢

花生

妳是一粒剝不開的花生
廣大的泥土覆蓋情分
我不願當一把鏟子
觸碰厚厚的泥土
妳就安靜地躺在那裡
被溫暖的風掩埋
等待夏季的雨，把妳滴向未來

我為了等待夏季
涼爽的心都熱了
躺在一張折疊椅上，望向窗外
有朵像妳的雲在移動
不料，一陣雷聲
妳就徹底消失
我從折疊椅上摔跤
一攤淚偽裝成血
我想著，妳堅硬的外殼
溢出的是什麼？

時間是枕頭，我的後腦勺
常常劇烈疼痛
從無底的夢被帶往現實
即使　我醒了
妳的影子依舊消失

我盼到夏季了
心熱的像融化的巧克力
妳已不能食用

這一天的雨特別強大
泥土鬆動，我的吻在抖
老舊的折疊椅早就壞了
空氣找不到我。難怪輕輕的呼吸，感覺不到泥土裡
妳醒來時的溫柔

黃沙之結緣僧

歸咎來世情願的鶴
翅膀的兩端是銀色
飛向菩提掌中的法號
輕聲允諾青苔上走動的蟻群
響第一聲、響第二聲
蟻群散成沙，輪迴的笛聲
吹在夕陽的鏡上
不裂　緣而在續

前世姑娘紡織的羽毛
縫紉大海的流沙
夕陽裡的緣，我們踩踏
不平的世界轉孽微塵
她褪下世紀的貪婪
痛和苦盤緣一生
女子苦命如果子帶籽
吞與啥皆一時之滂沱
能忍，則夢藏裝行囊

載來黃沙之際
魂　擬形而暢通
煙　封存心願之帖
我們立法
佛曰城市塵世的天庭

鬼針草沾蒲公英

哪來的結緣僧

唸的經像雪說的話

隨黃沙之禮，袖口逸向家路

冬了

鑰匙淚成霜

太極悟事

偕萬物之光影的人性
以柔軟的中心為軸
腰間扭捏　氣息沉澱
樹的生氣似乎匹敵歲月了
鳥挺直身軀時是一把箭
弓是剛飄下來的雪
箭不射擊
循環塵世之道德以喘息久久啊！

道呼吸與希望一體
手腳擺好陣勢
無風
心涼涼的予以穿梭
沉哉的你們是智
葉片被蟲打劫乃屈

羽毛皆繫塵所有
每一座城市都有翅膀
每一個人都是天空
佈陣之：喚石
在臉的吸音板上
我彷彿聽見孫子吵著找母親的聲音

魚刺人

海洋的世代
被他的皮膚取代
吸收深與淺的物質、光亮
縱使無法游向前方
張嘴也是洋流

漩渦在肚臍上繞圈
母親寄放的慈悲
已被漁網捕獲
逃不出，深邃的餌
掛得很遠很遠
爭搶總是過於心扉

門，不用關
如同一條涼了的魚
在我的眼珠裡爭豔
我夾不住她
閉嘴；皮膚都是刺
一根一根的向她的真心
勒緊再勒緊

茶葉蛋

妳的思念
光滑了地球表面
我是鍋子
容納妳的香氣
時光插電，則喜
時光不插電，且憂

茶葉不見了
茶園是妳的髮
我才能摘取
我是鍋子
裝滿妳的微笑
就那麼一點等待
妳的心在隔夜
已焦黑

黑面琵鷺音響——給世界的和平者

琵琶聲奏引歸人
草原的風太靦腆
瀉湖的面積是牠的離別
微小的青春翅膀
把去年冬季的歌聲帶來
重複播放

今年牠們唱的聲樂
不是悲戚的
不是透明的
牠們將演奏自己的永遠告別
並且用人類的眼神來預知
今年冬季的雨是慢得像女人
那顆接近黃昏景色落下的火種

我關燈，牠們的嘴長得像我的夜晚
窗戶外頭是沒看過的思念
湖面波動的浮影像人間的恩仇
處在規律振動的日月
牠們低頭不是喝水
是暗示影子即將搬離人間

影子不易沖脫
何況湖面？

我在早晨醒來
已經是三月了
牠們已經像褪去顏色的衣服
漸漸淡去
我的懷念也只是翅膀一陣的涼風
不如
躲在房間聽牠去年唱的聲樂

牠唱：
　　　曾
　　　文
　　　溪
　　　如來
　　　　　冬
　　　　　未盡
　　　　　緣分愁
　　　　　千里
　　　　　　鏡
　　　　　　一飛就降
　　　　　　星的
　　　　　佛　　雨

鞋浪

絲線如妳的唇
緊貼在那雙鞋上
飄！海狩獵遠方島嶼
棲息在暗黑層面的生物
知道壽命怕光
躲在礁岩的後方
等待一襲勇氣的浪

浪赤腳
沒鞋穿
天光幫它買
買到尺寸不合
找天地討
天地出了遠門
再也不回來了

補魚的夢
膚色深
魚網破了
裝不下心
裝得下石頭
只見他踏著水聲
攀岩一夜的星空

比較容易想起妳

帆布工廠在春天還未進入夏季之前把布料藏在我的腳底
我的花開，屬於季節的生肖、生命的大小
一切都太慚愧
帆布工廠即將關廠
我涼涼的腳底
像枇杷膏
喉嚨痛得像紅火蟻
傷害自己的呼吸
腳漸漸退化
路像旗子　不斷上揚
不斷離析

春天是一種容易暈眩容易全身發癢在意花樹綻放的一種病症
無藥可醫
躺在春天底下
腳底居然發熱
赤裸已經無關美醜
我的花開；妳的呢喃，讓我凋謝；不
唯有離去才能穿上存活的衣裳
我說啊！
我說啊！
帆布工廠的存在到底是為了什麼？
為了把所有的布料裝在我那滿滿淚痕的腳底還是為了
讓我的腳底多了一根針

刺到的時候
比較容易想起妳

【咖啡霧】

泡一杯雪
城市充滿泡沫
進口的行人批著厚重大衣
過馬路時和凍傷的鳥兒默哀
鳥兒是一塊玉
卻缺了春天的生命

雪冷了
像霧　不清不楚
早晨和夜晚
一個是我　一個是妳
眼鏡沾雪
心是白色的血
滴個不停……

我們用餐，一片吐司
讓妳的咖啡變心
咖啡不苦　思念詐騙
吐司邊是包圍妳的夜
眼鏡慢慢滑落
妳說：好燙
拉花的心成了霧
還是不要喝完，讓我們的夢
繼續模糊

麵涼了，我慌

蛋在颱風天破裂
停電停水停止歲月
雞餓得想睡在我身旁
我不敢看牠，怕夢裡會有折斷的羽毛
輕碰我的身體
讓我膽小、讓我成為牠
讓我帶著洩氣的氣球
到天空長大

天空躲在家裡
不敢出聲
我問它：你喜歡這裡嗎？
這裡雖然窄，但這裡很亮
這裡的燈就像電話
看一眼就有好多溫馨的話

我也餓了
（不能泡澡，至少能泡麵）
窩在一個木桶裡
倒下長短不一的麵條
身體乾的像塊筏
不能往前　不能往後
彷彿島嶼來拜訪
它敲門：我慌
它進來：天盲！

小河婚禮

蝌蚪和石頭結婚
（沒有紅毯）
（沒有花束）
流水長了膿包
牠們的身體染了血
血為牠們戴上戒指
哭了好久　好久

我沒有出席
魚代替我穿上西裝
游到新郎旁邊　敬酒
蝌蚪醉了
變成青蛙
魚看著青蛙：你這麼綠
前世一定是高原上的草皮

碑子

碑子啊！
你的臉好憂傷
死就是生
還就是散
人們敬仰你
如鄙視一個木訥的小偷
偷走自己的光明

碑子啊！
你的父親是烈士
劍是心
一刺
風就變雲

碑子已經變悲子
淚流滿世界
已經沒有任何一個杯子
裝得下歲月

日全蝕

妳的溫柔
像日全蝕
在我昏迷的時候
才偽裝成一盞燈
照亮我的腦海

妳的無解
像日全蝕
突如其來的出現
我心裡的夜空
星星迅速地遞減

歷史學家

眼睛是黃金
眼睛是飛彈
眼睛是遺址
眼睛是疑問
有一天他們都看不到了
自己的家才是真正的
歷史

仙人掌枕

安眠的刺
陽光了黑夜
我愛上失眠
誰知道
一躺正
寂寞就變天
頭髮淋雨
因為悲傷充滿了
一根一根刺

我別無選擇
躺正
再翻身
再迴避
只換得一身的沙漠
和窗外的閃爍

彈珠檯

每一個撞擊
都在月球表面
累積一次哭泣
每一個光點
都在洞口呼喊
妳回來時的神情

無病

墨低著頭
看筆調侃山水
我卻把她的悲傷
越磨越多

失眠的狼

街道像老人
所有設備都該換新了
他往街上走去
不發出任何聲音
只讓眼神表達情緒
讓樹讓鳥傳達共鳴

他盯著人群看
像看著一棟一棟大樓
迅速地從他的腳邊晃開
他仍是繼續走動
帶著黎明的歉意
終於在一個角落趴了下來

他不倦
倦的是巷弄
要被他的皮毛染黑
想到這點
它就越來越窄
越來越窄

他就是不睡
眼睛盯著步伐
人類與他對望

心臟像大雨般發出聲響
迫不急待把斑馬線穿在身上

人漸漸少了
只剩下幾個老人
拿拐杖當路燈走過
他站了起來
對老人微笑
突然黎明出現了
他回到森林
回到慈悲的肚子裡

地板在哭

踩著它的輪廓
向前或向後
鞋子不停親吻
有時候留下痕跡
留下雨水的熱情

沒有人想過它的心情
它怕痛
怕寂寞
人群站在它的身上
它越來越髒
越來越髒
像一條河流
保管人類的影子

那天
我等待一個人
站在它的身上
晴天的地板卻濕滑
沒有任何聲音
或許它哭了
哭地不招搖
哭地不引人注目

我是籠子

如果我是籠子
會把天空關起來
會把街道關起來
會把夜晚關起來

天空則會怒我
街道則會彎我
夜則會不理我

我關不下這麼多
唯獨妳的心
我可以迅速地
關下
而妳沒有鑰匙
打開

光陰牙刷

刷不完的光陰
被鏡子碎成妳的笑容
妳的笑容帶血
我沒有帶OK繃
不能止痛

擠了牙膏
多疑地抹上齒縫
牙齒像沾到芥末
不過　辣可以消毒
鏡子笑我像小丑
把自己刷得太醜

司空、司想

衣缽如蟬
蟬飛，想禪
空想乃一物大樹之庭
我是樹陰
世界是雨

和平
如張開手
眼睛看見菩提
蜂閃過流星
願望的毒液
告別軀體

平信

郵筒曬得好黑
直挺在我的胸口
燕子飛行是十字架
光從來不緘默

妳把郵筒打開
丟進吻還有痛
只用一隻手
𧂐就足夠讓我悔過

馬克杯街道

水聲在早晨巡迴演出
老人是黑色的馬克杯
忙人是黃色的馬克杯
女人是紅色的馬克杯
男人是藍色的馬克杯
它的心胸是一個寬大的蚊帳

指揮交通的警察像礦泉水
指右：水上升
指左：水下降
有人走進便利商店
雨在叮咚！叮咚！
放傘的位置被貓佔據
牠用爪子把雨水抓傷
我看見陽光了

店員的臉像杯底的殘渣
昨晚做一個咖啡攻打故鄉的夢
還沒完全醒來
我只見她慢慢將咖啡豆倒入機器
背對著陌生的她
長髮就順勢擋住我的眼睛

我手上沒有馬克杯
請妳將咖啡倒在外頭的那條街
讓所有的人們
都聞得到施捨的味道
我才能買一個白色的馬克杯
把自己彩色的心全部裝進去

玉米梗

故鄉的你堅挺著屋簷的闊
屋簷笑的聲音像父親
搭起沉默的長度讓安慰膨脹
天的食物！泛黃的雨！
拿來孝順空蕩的家
家，排在整齊盒子裡收放
弄亂了卻不能再收拾
回來！

你種的玉米
被我的童年收割
藏在寒冷洞穴裡
失明的蝙蝠飛來啃食
牠們知道光藏在裡面
而我卻只知道遠方的巷
是多麼的女人

玉米啊！一粒夜晚一粒黎明
交叉的種
在土裡都是沉睡
如今睡得太熟
只剩下梗了
梗一個齒痕一個齒痕
都是我回來對妳微笑的
痕跡

炸雪

穿薄一點的外套到街上
肚子餓就喝酒
酒是燈光
喝了就會遠離黑暗
不是易開罐
而是靈魂動態

拉鍊像小孩
不讓我溫暖頸部
它一味地玩啊玩啊！
冷鋒都怕我了
鞋帶像蛇在地板攀岩
目的地還沒到
飢餓感上升
氣溫下降

小女孩說：媽媽人是什麼？
人就像被炸得均勻的雪
全身充滿冷和熱
小女孩再說：那雪是不是垃圾食物？
人不斷地進食好以忘記痛苦
但是有一些人不痛苦也要吃
所以我們都是雪人
習慣挨餓之後在歡樂

【絕版】

我是一本書
她翻一頁
我就哭一次
她寫字
書頁就散開

這本書沒有人買
放在架上的最角落
貓經過時用爪子和我聊天
每次聊天完我就流血
血一直流一直流
流到收銀台，錢都貶值了

打烊了。
我默默呼吸
氧氣罩是小小的燈
讓我的封面
保持最後的氣色

我什麼都知道
就是不知道什麼是「再見」
那天她走進來讀我
讀我的眼淚
我開始脫落
她拿到櫃檯結帳
我被貼上標籤，呼吸停止
聽到店員和她說一聲：再見

月亮的食物

冰冷的天空
是我今天的地盤
明天的未知
裝在行囊裡沉澱
時光用力地拉扯
行囊裡的笑容
像閃爍的星星沿著天空
灑下我們的寧靜

月亮：我又來看你了
今天我帶些零食給你
讓你的光慢慢消化
那些雨和陽光不要太快吃完
那些雪和夢留著當宵夜
我準備的零食並不多
但足夠讓你的心靈
在廣闊的星圖裡食用

我準備向你告別
這條路沿著你的背脊
你吩咐我趕緊走上去
我猶豫了
如果讓你的光黯淡
寧可選擇另一條路
踩著靈魂的翅膀，讓它載我飛向回憶

摘柿子——致童年

時間紅潤
未來乾癟
樹上的風賣弄年輕
一天到晚吹奏別人的老去

我臉頰扭曲
皮膚澀成一顆柿
風說我遲早會老去
我不服氣
走到破碎的鏡子前
發現自己是一棵樹
黝黑的像拿下面具的世界

有人跑到樹上
摘我的柿子
我的柿子紅得像隻螃蟹
迅速地落在地上
地上潮濕
他看著倒影，發現自己的臉
還留在樹上
未來就先被採收了

花和我說話

肥料像春天的臉頰
一包一包往我的心裡倒
我接不住芳香；困在階梯的青苔
有妳隱藏已久的泛綠
蝴蝶在我的額頭攀岩
繩索是不會斷的翅膀
沿路撤退到心臟
血絲點著燈；溫柔是鼓
妳敲一次我的耳就浪漫的聾

聲音是極度奢侈的外套
蓋在我的身上取暖
疲倦了，窗前的花低著身子
像檯燈照著我的額頭
寫的字都像花瓣般飄灑
幫它澆水，身子更顯得消瘦
餵它影子，我逐漸漆黑
拉下窗簾，它喊救命
花瓣頓時變成一把劍和我抵抗
手上沒有盾牌
皮肉奉上一顆種子
它種在我的臉上像妳一樣
用列車的速度緩緩親吻著我

將遺忘料理

備註：一顆蒜、一根蔥、一匙回憶

你沿著街的肩膀往櫻花落下的地方行走找尋季節
季節是冷凍的，拿出來退冰
放幾個鐘頭
你在爐火那頭把記憶當成炭火慢慢燒去
我把報紙剪成一半
隔天。你出現在另一半的框格裡
問我：這裡是哪裡？

買了一隻金魚放在手上

海　泡濕我的手掌
青春的掌紋
發炎了
我不知道怎麼辦
握緊拳頭
潮　就散
拳頭鬆開　潮就襲來

金魚住在那裡
我的眼睛
與牠的色彩相遇
互相珍惜
牠躺在我的手上
不斷翻滾
以為浪是數不清的音符
正慢慢吞噬

牠沒有耐性
時間也不願意等牠
有天
我的手老了
牠也老了
多響的浪潮
牠也無感　無淚了

奇蹟的果園

妳的身上枯萎了數年的命運
埋怨和悲哀的洪水
不斷在大腦間流竄
雖然不怕現實的飢荒
但勇氣就像石油遲早會耗竭

石油裝在桶子裡很重
妳的命運裝在我的嘴裡
我親吻果園每一顆樹
就像親吻妳過敏的身軀
哭泣是過去的帶源體
一一散開整個雪季

我們為了等待秋天的來臨
不知道身軀多少次傾向凹陷的峽谷
仍然拉著春天送我們的拔河繩
拚命地　用力地
不讓這座果園逝去

當我們的體內長滿了菌
長繭的手都已破皮
花開的時候
笑容輕鬆鑵開了泥土
它們曾經是如此的堅硬

我聽見它們的笑聲
被果園慢慢擴音
原來，我們的落地讓這座果園製造奇蹟

向一隻鳥肅靜

窗戶開得很大
像一雙瞪著我們的眼睛
童年的語言不像它
輕鬆就可以緩慢關上
而我們總是把生活搞得像是
每天都會舉辦的喜宴那樣複雜
彷彿每天的鬱悶都是為了被路過的
一盞燈的影子灌醉

酒杯放在櫃子裡
沉澱每年的雨季
好像母親的叮嚀
因為雨的聲音
是那麼的和緩
就像小孩踩到水窪
和看不見的影子玩耍

我們都錯過了童年
現在打開窗
都會看見一隻鳥
把樹枝當成漂流木
緊緊扣著不放
多怕牠們的飛翔會荒廢
我們偷偷關上的那雙只有在夜晚

保持安靜的雙眼，窗戶已經關上
回憶還是靜默著所有安靜的光

宇宙穴道

行星沉睡著
礙於耀眼它全心
剝奪迷途的過程
不費力地就好像
抖動蒼老的喉嚨
這時刻，只保有它的重量

我們頭朝向宇宙那邊
宇宙病了
看不到我們的臉
睡醒之後
腦中沉思迂迴的衰老
默念
好以預防悲劇

凹痕是細流
小小的
就像穴道
點出了光線
它起身
我才能黑暗的坐下

剪黃昏

買一把生鏽的剪刀
對除了樹木以外的事物
用大雪的精神來修剪
如：世界、妳、我、他
剪刀比一顆心還要貴
斷了，還要賠

妳拿著它
對著黃昏大肆剪斷
黃昏那麼小
它住在妳的庭院
像一棵沒有種子的樹
無神的望著

剪了一半
發現它的瀏海很長
就像家門前的路
沒有人陪就算走了一輩子
也是永遠像一盞壞掉的燈一樣
走也走不完

陽光種菜

相思的條款
永久保密
根鬚隨氣候睡去
放進紙箱裡綑綁
愛　無農藥噴灑
只需定期的關照
帶著一台收音機
播放古典的笑聲啊！

小提琴和薩克斯風
在我的菜園裡炫技
它們乖乖地躺在土裡
土膨脹地像父親的肚子
富有一生光陰的營養

它們失去耐性
缺乏時間的教育
又看不懂國字
只看得懂天氣的樣子
它們終於失控了
把自己給樂音剝開
讓陽光穿戴嫩葉，誕生小孩

紡織一束花

用針線來求偶
花粉已經過時
繞過一個一個夜晚
還沒找到日出的種子

雕琢她的心
盛開的耳朵
聽見花瓣的血心
流出啜泣的共鳴

茶雨

像箏的弦
在妳的溫度裡
摩擦；一陣又一陣的熱氣
進入我的鼻
只是呼吸
好像就要放晴
葉片曬得太靜
像今年的雨，穿過我和妳的身心

影子茶

在天黑之前
我們的影子
相互奉茶
燈還亮著
茶色如妳的眼眸，純淨

茶盤上放棋子
思念的鬥志
茶湯漸漸濃了
手燙得像海
握不住兵卒
不能過河，但可以
潛入妳的心坎

影子裡有茶葉
光　微澀
入口的角度
是妳的唇印
推擠出來的香味

我將失眠
茶湯倒出了夜
我不在裡面
妳和殘渣沉在杯底

我到哪裡去尋
去探
才能找到妳的影子
沉入茶香，潤喉我的夜

壽命販賣機

他們走到盡頭前
脫下一身的願望
不指望會留下多少光
每個人面對面的招呼
像是一隻猴子
但，毛髮也已經冬季
再尋？也聽不見聲音

動物園的猴子
是溫順的；街上的猴子像風
要往哪裡飄就往哪裡飄
他們看見一台販賣機
寫著：故障
每個人開始投幣
把自己的歲月自己的眼淚
用一個圓圈的幅度
附點的音高，丟了進去

販賣機沒有動靜
他們急；容顏開始創造
從臉頰一直到大腿開始石化
販賣機恢復正常
其中一個老人安然無恙
看見有東西在出口滾了下來

發現：那是自己未來的恐懼
小到像一顆痣，他拿起痣
貼在臉上，身旁的人都空間轉移

【棍中戲】

竹製的、鐵製的、銅製的
拿到手上都是肉製的
揮與不揮是一陣霧
身子輕薄
可駕馭山
山且不聽
反勸你棍的豪邁
敲中它的蜿蜒、它的雨

棚子如雪
一搭起來
就飄
一收起來
就濕
棍打不醒歲月
人的性格是直直的

彷彿一場戲
幾個人鬥爭著
那根棍子的權勢
它一斷
拍手的聲音
隨雪慢慢飄來

針灸一封信

匿名：
雨老了
我們都老了
手上戴的戒指是雲的小孩
留下來紀念的陽光

家裡也老了
針古董了窗
輕輕一穿
刺滿城市繁華

背還是年輕的
如疹子踏過的沙
紅色泡泡聚散
戰爭砲裂情場

一封信開始長大
字是腎上腺素
寫滿封口
當情愛經過踐踏
別管天氣了
我們的交談變出一陣雨
卻不會老去

它開始疼痛
傷像起重機上的沙
堆滿經濟能量
寫完了信
針也老了
雲流出血絲般的燙

大廈裡傳奇的寂寞

十六層樓的光，我每天看著它
像看著鏡子一樣
折射我發慌的臉孔
青春痘，雨絲讓它發霉
細細一顆，像孩子的球
被世界讀報的人，拋上天空

我不住這裡，只是經過……
有時看見一棵大樹
遮擋別人的眼睛
我的愉悅會頓時發怒
像羽毛落地的鳥，嘆一口氣
氣息很長，還以為是菸在獨舞

妳住在這裡，我喜歡妳
妳時常看見一顆大樹
遮擋我的眼睛
像氣球一樣輕的眼睛
睜得很大，剩下的餘光
拿來欣賞角落裡的散步
散步的人，是光
它？傳奇的一部分
讓我們的距離，用跳繩來衡量

讀卡機

一條路被歸檔
我的歲月和哀愁都在裡面
腳步沿著彎曲不斷向前
花朵招集陽光一起出現
陽光黏著電腦主機
縮小成一顆一顆種子
方便按下開機鍵

風扇像風車轉動的聲音
只是世界吵雜
但，它遲早會停止運轉
像我的心跳，或許黎明還沒到來時
就捐給了上天

我搬動電腦主機
發現它喜歡旅行
喜歡提供電力給我的睡眠
讓我可以睡在每一個角落
每一個適合乘涼的地方

只是，它終於要關機了
讀卡機還在讀我的心
走一條路要決定左轉還是右轉了
拿下讀卡機。我的願望已經備份
在一條路上，等待未來將我旋轉

辯論大會

天使開始跳舞
流星伴奏

他
↓
一：穿好西裝
↑
她
二：脫掉理想
他
↓
三：理想是土
挖開是傷

她
↑
四：傷是冷凍食品
放到眼淚佔領世界
也不會冷卻
他
↓
五：餓是慈悲所製
蔓延的草
斬不斷

她
↑
六：心是寶石
不怕餓（惡）
大不了喝下瀑布的真

大會結束
送給彼此一滴眼淚

藍色的愛人

鬢白的島嶼如髮　活生生憂傷
天空的腔調喊得不清楚
燕鷗的神情像天上聖母
慈悲地飛過藍色的海面
燈塔在海裡閃爍著孤單的礁岩
渦鞭毛藻在海底摩擦這座島嶼的心願
一切都在夜晚的時刻發光
好像我們膜拜的雙手暗自搓暖了故鄉

夜晚啊！妳駝背從海底向我走來
眼角泛著藍色的淚，閃光燈被妳消去
妳說，我已經夠亮了，別在捕捉多餘的光
這座島上，夢是顛倒的；飄來混濁的泥沙
如我們等待的心滴個不停　滴個不停
時間別來找碴，一支像燕鷗的風箏找不到方向
線　斷在我們逐漸迷途的心上，收不回來
別用力拉扯。說不定是漁夫捉到哪隻魚
魚叉忘了帶走，海上都是恐懼的味蕾
魚群亂了章法，風箏停在海面上。千萬別撿起來
讓它隨著藍色的眼淚在石砌堆積回憶的縫中　輪迴

我看到我的愛人。她有一雙藍色的眼睛
夜晚是她的家，偶爾鬧鬧脾氣消失
隔年又驚喜地把歲月的美滴到海中央

不能站在海中央當她的澡盆
隨意讓眼淚流瀉再流瀉啊！
拉扯著白髮坐在岸邊偷偷地竊笑
笑聲像妳的起伏妳的抬頭妳的五官
躺在沙灘邊緣呼吸妳美麗的名字
鼻子在吸與吐之間猶豫且更換
我估計自己的想念在燕鷗的翅膀上無法平衡
牠飛在妳的面前靜靜地觀望：我要離去
我要帶著她的聲音飛向遠方

海面藍色的波瀾似乎更淺更淺了
一滴一滴淚匍匐向著我的背影
沒有雙手，無法告別
早晨來臨，月光昨日躺在妳給的床上
熟睡，沒有看見半個人影
只有一艘船拉著漁網貼近海裡
似乎在探測些什麼
我在早晨離開，故鄉的村落　故鄉的酒
灌不醉我沉溺在妳發光時的瞬間
如文靜的舞者慢慢地旋轉
船已行駛，四季的曲調還沒有譜完
海面上的妳只是暫時躲在礁岩裡沉睡
我卻不知道一滴一滴藍色的淚是船聲留下的告別

門穿衣服

漆黑的門
被影子占據
好像穿上一件衣服
卻不知道什麼時候
脫得下來

時間走在路上

時間走在路上
所有人都在看它
看它捲起袖子
脫掉鞋子
興奮的在街燈底下
踮著腳
看著我們哭泣

我們哭得越久
它走得越快
有時走到天都泛黃
才回到街燈底下
休息

它抱著街燈入睡
我們已不再哭泣
我們醒來時
時間已經消失
跑到我們的肺裡
繼續呼吸　偶爾岔氣

陽光鏡頭

公園裡佝僂的椅子
一張張被陽光輾過
我昨日的影子已經疲憊
手指和腳趾像海水浸泡一樣
沉默逐漸腐爛

老人的皺紋有如海水波瀾
椅子被牠們的老去坐得顛簸
陽光慵懶地出走他們的夢
夢都暖暖的像一碗熱湯
被他們的呆滯端在手上

寒風抖著下巴　等待
陽光伸出景深鏡頭
他們的早晨逐漸模糊
青春是他們過去的腳架
架在遙遠的山上
回頭才知道焦距都鬢白了髮

雪在我的髮上顫抖

我看過沙漠裡的雪
是多麼的謙卑多麼的高貴
即使只堆積了一個夜晚
對仙人掌來說彷彿身體
流出許多冰涼的血

我在那裡跪下
只是單腳
另一隻腳支撐黑夜
另一隻觸碰乾燥的風
奇怪的是
風在仙人掌的身上停止了

無風狀態
我無事可做
沒有搭帳篷
沒有煮飯
只打了一通沒有訊息的電話
那通電話沒有接通
卻連繫我僅有的壽命
想念是唯一可以活下去的一件薄外套
穿上的人，冷慢慢的享受

我摸了摸瀏海
好像聽見它蒼老的聲音
雪就這樣閒來無事地落下
讓沙漠裡出現了幻象
我站了起來
沒有看見任何的雪跡
只看見妳像沙塵暴那樣地向我靠近

【中國笛】

1.梆笛

月亮的音高
穿透一片竹林
吹笛的光
不知道明天
會有幾個按孔
吹響希望

南方的夢
在草原上奔走
響亮的影子
在笛孔迂迴
迂迴啊！

2.曲笛

江南的鄉愁
是小雨的歌聲
伴奏春天的潮水
留著的一聲牽掛

妳向風吹奏
低沉的寂寞
音色整片天空
我醒來，耳邊都是溪水
在流動

雨的傳承——致笛子演奏家林瑞男

鐵沙掌震出圓潤的笛音
武術館的笛聲飄洋過海
抬腿的高度小於一座城
行囊在列車的晃動中搖擺

您的修行隨風飄散
化作姑蘇行裡的村人
化作嘎達梅林裡的槍聲
最後，化作我心裡的轉折
我吹奏的笛音都有您的影像
您的謙卑　將被笛聲的魂魄
鐫刻在這一個時代

您在雨的呼吸裡　休憩
沉默的C調笛正在顫音
時間的客棧裡沒有茶
您喝不喝我浸泡的思念
在每一個反光的街道
我們的身影都磨擦成笛聲
被風慢慢響起

泡沫化經濟

一隻魚在魚缸裡吐著泡泡
我不知道牠到底吐了多少個泡泡
水草已經不再美化，至少
多一個被微風顫抖的夥伴也好
但　我喜歡把泡泡當成星星
一一數成十二個星座，盼自己
是其中一個星座，拉著弓、彎著腰
馬　正奔馳過你眼前的綠地
像雪的聲音，卻不是雪
而是一種過度又純粹的仰望

這時候，氧氣已漸漸絕種
路人的呼吸被自己的害怕　中斷
魚跳到我的肩膀上
說牠今天是一隻鯨魚
讓我當牠沒有海浪拍打的沙灘
貝殼堆滿牠的身軀
這是唯一能留給牠耳邊的共鳴

我喊停。牠聽不見
在肩膀上用泡沫堆疊成房子
迅速地穿越它
這棟房子並不牢固
牠卻相信至少比我的心完整

比我的心更容易傳達。牠
不知道自己從哪裡出現
我知道自己從哪裡出現
從一個叫做「愛情」的地方
原本十倍的哭聲，如今
青春的吸音牆拚命地阻擋

牠想住在這棟房子裡
但　房子裡沒有燈
沒有水　沒有浴室　沒有廚房
更沒有食物
牠開始著急，像一團火焰
燃燒我的肩膀
（我已經不能動彈了）
此刻　牠的房子在此固定
我也無奈，趕緊出門採買
買了一瓶水　一盞燈　一個澡盆
一個麵包。牠準備下嚥

鱗片老化，像一個年輕人瞬間變老
牠明白，縱使曾經鮮豔
也遲早脆弱到永遠
我不會安慰牠
我只能練習哭泣
多哭一些水份讓牠吐出泡泡呼吸
為了牠好，時間得到退

得化石我的肩膀
且埋在一條無人擁擠的街上

我把時間挖出來
結果發現路邊的房子越來越多
廣告傳單上的坪數價格
也超越你投資我一生的重量
我不明白。
你到底在我的肩膀上投資了什麼
你總是坐不下來站不穩
我懷疑你買了一棟海砂屋

你說你吃不下這麼多
我真得只能放棄了
我的肩膀痠了
貼上痠痛貼布
你的房子就要垮了
或許我再也看不見你了
不過，等我的肩膀復原時
會再去買一隻魚，說不定
那隻魚會跳到我的肩膀上
一邊吐著泡沫說：房價漲了

畫家的哭聲

我買不起妳的畫
這畫
太像畫家的哭聲
油墨抖灑出夕陽
筆刷蔓延臉孔
風景的樣貌
總是藏在身體裡

妳的畫不是銀兩
可以接近的
我再匆促的呼吸
也無法打動妳
只能用一枝筆
在天空繞圈
看看繞出的形狀
是否像妳

太極悟事

偕萬物之光影的人性
以柔軟的中心為軸
腰間扭捏　氣息沉澱
樹的生氣似乎匹敵歲月了
鳥挺直身軀時是一把箭
弓是剛飄下來的雪
箭不射擊
循環塵世之道德以喘息久久啊！

道呼吸與希望一體
手腳擺好陣勢
無風
心涼涼的予以穿梭
沉哉的你們是智
葉片被蟲打劫乃屈

羽毛皆繫塵所有
每一座城市都有翅膀
每一個人都是天空
佈陣之：喚石
在臉的吸音板上
我彷彿聽見孫子吵著找母親的聲音

瑯琊神韻——悼念笛子演奏家俞遜發

瑯琊山裡的河流款款
在回憶的笛聲裡抑揚頓挫
你閉上雙眼
手指敲打著六個笛孔：想像小河
穿過石頭、月光歇息，一切都非常清澈透明的
一種悠淡聲音
我是那顆沉重的石頭
總是擋在你的前面
（笛聲像雪一樣飄揚）
你果斷的在我堅硬的身前遁隱

你的耳朵似震動江南絲竹
憂愁的疾病拉著你去天堂辦演奏會
台下沒有聽眾，雨重覆地下著
瑯琊山上的蘆葦被風吹得瀟灑
在夢裡取下它脆弱而柔軟的膜
就這樣重覆裝在籃子裡　歌聲陪襯
笑容溜進六個笛孔
憂愁被我的哭聲慢慢吹響
我醒了，你在夢裡對我吹奏
揉一揉眼睛：你的聲音多麼像我現在
憔悴的模樣

道德蒜

我從夜的肝臟
往日出的小腸走
一路上漆黑看著我
床還是在原地抽菸
窗外濃濃的嘆氣味！

排毒的季節
油膩的青春
在憂鬱之間繞圈
牙膏擠不出來的歲月
連一條紐約大街都填不空
時間

時區在昨天和今天裡焦急
它們已開始心靈交接
我們無法適應凌晨有太陽
早晨有月亮
就像交通塞車
每一輛車子都是一直線

指揮眼淚的人
住在海裡面
魚蝦絕種
生存靠感覺

我慢慢接近小腸
母親在廚房切大蒜
她發現我還沒睡
一整張臉把思想辛辣得好淚
走到浴室對鏡子抱怨
時間長得太像我的從前

慢跑鞋

我買了一雙慢跑鞋
給妳
讓妳在我的胸口
創造一個操場
在每個深夜
妳的溫柔於綁上鞋帶之後
起跑

操場的燈太暗
妳看不見我的心
只顧著跑向遠方
風拉住妳的腳
碰到我的身體
絆倒在我的懷裡
一整個曖昧的黎明

曖昧

風是身體
站在街道
穿透每個人的呼吸
路燈留下眼淚
亮了起來

豬腳街的黃昏

我曾幻想自己是豬走在民和路、褒忠路附近
和假日的排隊遊客擠在店家門口
看他們的嘴巴張得像我的肚子一樣大
我被困在香味的這片人海
腳重重的踏出一點點風塵
還沒吃晚餐也不知道該吃什麼
眼看新鮮的豬腳先被初步去毛、洗淨
部分的筋膜被去除，我的腳緩緩的顫抖
牠們被滾燙在攝氏七十度到八十度的熱水中
去除血水和腥味，且將滾燙過的豬腳
放入加有木瓜乳的冷水中
已經找不到童年養殖著自尊的一滴眼淚

我無法再靠近，前方壯碩男人的背影
讓我以為是自己的親戚
腸子默默無聲的蠕動著
飢餓已經逐漸跨不過我心裡的柵欄
排隊的遊客開始依照順序進入店裡用餐
只有沒入夜晚的黃昏留在我的眼眸
好像從裡面看見了母親的眼睛
我從不記得牠的名字、牠的故事
但我彷彿聞得到牠的一股味道
牠的膠質告訴我們吵雜的城市需要養顏美容
粗壯的手接著再一次把冷水浸泡過後的毛皮去除

讓具有彈性的豬腳先想像自己在南極旅遊
穿著薄薄的衣服有多麼的冰冷
在回到現實住進零下二十五度到三十度的冷凍庫中
急速冷凍。

然後等夕陽回家再取出冷凍庫中的豬腳
解凍之後，放入加有醬油、泉水、中藥包的鍋中
以慢火和中火的舞姿，跳最後一支舞蹈
出現在客人的桌子上聞到醬油和蒜頭，融合在腳筋裡的香氣
我的鼻子像寶物探測氣頓時啟動
體積太大了，進不了店裡用餐
遊客空手把豬腳放到嘴裡形象像一隻邋遢的豬
牠們的前世都有豬的靈魂
也有豬的內在，不然怎麼知道我的體積慢慢縮小
慢慢縮小，我根本不是一隻豬只是店裡的立體海報
小朋友頑皮把我拿到外面，讓我用告別的語氣
向一盞一盞陸續點亮的街燈說一聲：再見

薑母鴨

我害怕成為一隻鴨
湖變成一鍋湯
米酒的思念味香濃
濃到漸漸遺忘了我

難不成
我要在湯裡游泳
但　還得問勇氣
同不同意

我試著淺淺地游
湯匙把我的身體
舀得很輕
輕到以為這裡是天上

游到沒有力氣
我放棄了
喝一口湯
竟然喝的是
輪迴的創傷

雕花

背影
像一朵花
被光逐漸消化
它消化不良
把你的回憶
悶在肚子裡
久了以後
脹成夢境

瘤

我們的夢
長了一顆
手術刀討厭的瘤
怎麼刮都是淚
怎麼刺都是碎
一扇窗的的未來要幾分醉

幫霧拍照

來！比一個手勢
靠近懸崖一點
等一下！風太大
赤裸的光太亮
（先暫停）
焦距對準：
眼睛別閉起來
（一直都是張開的啊！）
手別插在口袋：
風一直在親我
雨和我分手了

來！山出現了
海退潮了
我幫你拍照：
要看著我的眼睛
想著我就是你
照片洗出來了，怎麼看都是霧
你在哪裡？
我走進霧中，突然感到悲鳴

製作眼淚的商人

他每天帶著一個罐子
在街上吹風流浪
每一個罐子的顏色都不一樣
有不同的味道、有不同的花紋
每個人的臉都像罐子裡的空間一樣
縮得小小的用愚笨的眼光看著他

他在公園的椅子上坐下了
長長的影子被他坐得很扁
他打了冷顫，這冷顫長得像一條路
引誘陌生人走了過來
陌生人的姿態像魚
軟軟的
和他一起坐在椅子上

他們藉此機會聊天
聊罐子裡的東西
這是個空罐子什麼都沒有
於是，他開始激怒陌生人
陌生人流下眼淚
他打開罐子
把眼淚裝了進去

但罐子還是裝不滿
眼淚變得很昂貴
於是，陌生人走了
他們不揮手再見
因為眼淚已經替他們
表現了

他準備睡在椅子上
等待天黑
再次進入夢裡
然後把罐子裡的眼淚
等待早晨的時候
賣給每一個經過這裡
喜歡微笑的女孩
讓她們的陽光
逐漸陰暗

【奇蹟】

腦子裡裝玻璃
風吹向未來止境
碎得太乾淨
只是剛好而已

當山的文化旋轉——致美濃油紙傘

燭光裡的屋，又老了一歲
她的頭髮黏上歲月的灰塵
她的藍衫摺皺今天的黃昏
夜晚的婦人，放下回憶的成本
聚集溫柔的本性在空地裡起舞
拿在手上的傘瞬間團圓了彼此的心跳
一把傘讓思念的月光共撐在山嵐隱沒的深夜
竹製的青春直到老去都不想褪色

睡著了，傘跟著燈光一起在夢裡翻身
閃爍的凌晨被我的思念撐開
床鋪像山巒圍繞著陡坡
她還在夢裡替傘繞線
繞了七圈才開始讓晨曦拼貼鳥叫聲
蛋黃灑金傘上的生命如美的勻稱
毛筆已睡去，鍋鏟煎熟了鄉村的小徑
小石子都軟嫩了：放生
烏雲打了一劑預防針
雨季的蔓延掀開傘下的我們

我們仰望著山，蝴蝶飛在傘的中央
縮成一團，像一顆球被它頂著
嬉戲以後，淚水找到了河流的方位
撲簌的藏身在隙縫的角落

它滴出了文化的哀怨聲
列車在河堤旁追逐我們纏繞的每一個夢
重複等待黎明晾乾美濃的身軀
環繞群山的地域，天空的蝴蝶飛起
像小枝的油紙傘收起晾乾的翅膀

婦人揹起小孩，騎上腳踏車
抬頭：今天的月亮像傘
只是沒有握柄。逝去的潑墨還未醒，剩下的
都被掌心點在小徑的岔路
我們應該走向哪一條小徑
或許，左邊是捨棄
右邊是一聲不響的傳承
小孩醒了，捏著母親的臉：一條一條的線
在我們回家的路上幫油紙傘編織它們的夢
夢永遠不乏味；母親煮的蛋
即使不是端午，也能立在我和畫上父親背影那把傘的上頭
被童年推得好高好高

晚年的肖像，彩繪遺失健壯骨頭的傘架
一切看似都已經圓滿。是不是該醒了？
雨天，撐著傘出門帶著回眸裝進背包
走在山嵐隱沒的那條小徑
傘不知不覺壞了，雨下得極大
像是許多根針阻礙了這條文化的道路
也只能不斷地往前走，雨停
山上的灰塵將散去。我們的心躲在傘下
聆聽不會結束的蟬鳴

壽司列車

鮭魚的卵躺在椅背上
玉米的甜歇在腳底板
章魚的腳顫動著夜晚
月台的影子跑到車上
牠們的飢餓捨不得下車
鈴聲響。嘴裡掉落了飯

停水

只有在這一天
妳的吻是乾燥的
像無人經過的沼澤
我拴緊水龍頭
幾滴夢依然冰冷

這一天我打開陽光
走入妳以髮絲鋪成的地毯
感覺鬆軟之際
餐桌上的太陽
被妳剝開
像我的記憶一樣
不斷增減

窗外是陰天
影子卻發熱
我無法容忍
雖然只有這一天
我的嘴唇我的臉頰
不會有妳的影子
明天之後，我們對看
也是一場浩大的復原工程

妳是我看過最像風的人

光，在霧的面前罹患近視
在妳的面前罹患遠視
總有一塊玻璃不斷移動
妳坐著帆船
依靠夕陽緩緩行駛
海浪的線條，略微蜿蜒
彷彿來到海上的小徑
海豚的音波，傳繞妳的消息

我在對岸看著妳
不想說話
怕說出來的話不是四四拍
沒有安安穩穩
愛情的音符
的確掉了好幾個小節

妳不知道自己像什麼
我說：妳像風
光，已經消逝
帆船來到漆黑的燈塔前
妳離開帆船
此刻，妳的倒影已經在水面
被我的呼喚顫抖著

總是在倒退和前進之間迂迴

商店都打烊了
羊盪著鞦韆
（數學考卷還鎖在眉間）
公園裡的老人慢慢往巷子裡的
理髮廳走進去和老闆聊天
不剃頭　只剃甘願

想剃頭時
再坐到輪椅上
享受閉起眼睛的嗅覺
髮的味道難以形容
他們的輪廓也是
掉光的親情
魚尾紋的深淵

妳坐在他的旁邊
看女人用剪刀修剪樹木
雕刻一板一眼的時間
翻翻報紙，看到塗鴉
以為世界是彩色
笑了幾聲
剪刀掉在地上
剪影子的跟隨

如今理髮廳已不見
妳在巷弄裡往前走
花草的樣子已升遷
老舊的建築物還是歲月
看見一隻鱷魚向妳伸出爪子
喊了一聲
我從輪椅上把夕陽丟在他的身上
他見了夕陽
好像看見了皺紋的笑臉
越走越遠

耶穌的客家人生——致客家教堂

桐花被時間修剪
一下子變得太短，剛好
可以別在我的髮上
擁有一切歷史的聖潔

祂：客家人遷移的時候
我看見唐山上的一道光
扭曲成慈悲的形狀
還有蝴蝶的舞姿在張揚
我化身成一個胎兒
胸口的胎記是台灣的十字架

出生在客家庄
飲食勤儉的光
穿著藍衫的浪
回憶的利潤太高
如今傳統的保存像雲
不定的游走在我的胸口

我慢慢的長大：禱告的時候
雖然不會說客家話
務實的心跳還是阿門阿門
教堂裡的玻璃脆脆的像菜脯
被聖潔曬得好亮

頓時擁有一輩子吃不完的光
我在客家村長大，愛是不會被限制的文化

盲人煎蛋

他把夢放在桌上
金魚在旁邊瞪著看
看不到金魚
鬧鐘發出像戀人親吻臉頰時的聲音
強迫不能和生命賴床
桌腳是金色的
他不小心踢到：叫了一聲
窗簾微微的抖動
（今天和昨天一模一樣）

日曆在牆上苦笑
風把昨天的記憶撕了下來
放到乾淨的地板上
他不小心踩到
這次沒有說話
只是慢慢對摺然後用希望切割

門檻上釘著風鈴
經過時就去觸摸
手是熱的
屋子裡面只有他一個人
光安靜的看著
他不停問著：妳是漆黑的吧？
光就坐在身旁

他用手去感應溫熱
早晨的雲多變
變到心中的石頭逐漸軟化

拖著萬年的辛酸
腳步與地板拉扯
來到廚房的角落
伸手用力打開櫃子
掉出一顆一顆蛋
他拿在手上
輕輕放在地板敲著
敲著敲著蛋黃代替他的眼淚流了下來
急忙拿鍋子去盛裝
天一下子就黑了，未來
是一滴油，蒸發之後
期待陽光煎熟痛與愛

山上的加油站

瀑布碰到它的心臟
沉默失火好一陣子了
那裡一片焦黑、一片晦澀
荒廢，鳥和樹仍然依偎山的骨氣
我想不通失去自己的情緒以及獨白是多麼嚴重
如樹幹斷在寒冬，鳥重重摔在地上
翅膀被熱淚烤焦
永遠飛不起來

我將沉睡在這裡
它呢？
早已經忘了沉睡是什麼感覺
唱歌給它聽
土石慢慢鬆動
我順著土石落在瀑布前方
彷彿一年來的怒氣都消失了

我就自然的睡在這裡
發現幾滴油慢慢的流
流在各個快要看不見的縫隙
我不著急，反而欣喜
看見一台壞掉的機車
斜著被遺忘

早晨把我的記憶縫補
忘記曾經來過這裡
不知道這裡的名字
我在自家的陽台
伸懶腰
突然發現一座山綠得像花椰菜
被白天的星星偷偷摘

竹筍的心

一根金黃的筍
像人情的圓錐體
屹立在市場裡頭
有人說：
思念可以快炒
也可以煮成湯

母親在它的面前
靜止不動
這時心裡的小河流動
太陽慢慢移動
戴著斗笠的婦人
蒼白多日，但那竹筍的面容
卻不會泛黃

母親要購買它的心
婦人拿著電子秤
我一瞪：這不能秤
如果它能秤
那我豈不是雕像
於是，竹筍便在黃昏時老去

子彈藥

宇宙張開嘴巴不動
已經持續一天了
它不進食水星、火星、土星
一個人把腳伸直
腸子哭到地球的花都凋謝了
它沒有談過戀愛
不知道分開的感覺像吞入一顆子彈

已經第二天了
我透過想念來到它家門口
送幾盤水果給它吃
不削皮、不洗
裝在塑膠袋裡
它嘴巴依舊張開不動
卻流出大量的海水
幾百隻的魚穿過它的胃
來到海上相會

已經第三天了
或許是最後一天了
它瘦得像一把長槍
彷彿被我拿在手上
嘴巴是一座堅硬的小山
砲火無法注射

敵人想爬到山頂
無意間吃到一顆果實
宇宙就開始進食，肚子都是血絲

溫室效應

妳的離開
就像太陽和雨分手
震碎一塊極地
少一塊極地
北極熊多睡一天
又少一塊極地
北極熊多老一天
而我的離開
只是像看不見彩虹一樣
看不到妳

如果外星人掉進海裡

電影院開始放映：它露出淚光
幽浮壞了好久
（大概十三天左右）
它們吃不下所有食物
我們不知道它的食物是什麼
只能猜測或許是雨或許是雷或許是痛
它們不斷的哭
海都被哭成一朵花了
浪都變成葉子了
可能是幽浮的型號特別
找不到損壞的螺絲
而螺絲只有地球人的夢裡有
所以也只能等到他們和我們取得聯繫時
他們拿著螺絲
黑色的螺絲花了一天幫我們更新
宇宙才不會近視
我們的未來才不是一個謎團

電影院放映就要結束：淚已經絕種
天文博物館今天營業時間已經結束
我踩著階梯
好像踩著它的恐懼
門口的收票員像星
他低著頭（我以為是它的遠親）

不看人群，像小顆的化石
人群一個一個從旁邊略過
搭上了電梯
每個樓層是它們的殖民地
一樓二樓三樓四樓的學馬奔馳
人群出來了
外面是一片亮晶晶的海
發現它們的幽浮掉進海裡
一個像青蛙的首相默默走出來招手
我慢慢向前進和它握手
頓時一陣雷聲
發現我還在電影院裡坐著，電影還沒放映
我看的是喜劇片，不是生命驚奇

如果我的器官長反

我會怕黑
卻怕世界不把燈熄滅
床的長度衡量我的心靈
床多長，我就有多想念
床邊無人，看見我的只有雲朵
玻璃被自由震碎
我的手腕出現鮮血
血滴不停，好像一顆鮭魚卵
提醒我在困境中要洄游
記得把面紙當海水，止住
身軀便可以漂浮
我要昏睡
一張床容納得下我的憂鬱？
燈遲遲不肯熄滅
我的容顏照著牆壁
告訴我光可以給我安慰

這座蛀牙的城市

他往門牙那裡走去
站衛兵像口香糖
黏住每一條街
街道是精美的包裝紙
人們用完就丟
丟到沒有眼睛的草原

他往智齒那裡走去
老人撐著傘
陽光被排斥在外
雨一個接著一個走來
到了夜晚
就跟著燈一起離開

他往那顆牙齒走去
不知道是第幾顆、第幾排
牙齒被樹葉遮住
靠近看卻有斑點
一隻鳥略帶羞澀
啄了它一下：痛啊！
紅燈故障，老人小孩永遠都站在那條街

皇帝

他走到鋼琴上面
她把琴蓋關起來
血大肆的彈奏黑鍵
人生陸續的降調

他的指甲流血
今天的河汙濁汙酌
琴蓋慢慢泛黃
回音被綸巾戴響

一張客家花布的結婚照片

樹的肩膀鬆鬆垮垮
祖宗的皺紋像掉落的桐花
老弟、老妹，坐在圓板凳上
屋內的鏡子慢慢透光
阿姆捧著一束紅色的牡丹花
花香誘惑身旁瀟灑的阿爸

阿爸的頭頂有一盞燈
亮在害羞阿姆的臉頰
老屋的牆壁上有一隻壁蛇仔
鞭炮掉在地上，牠的叫聲
充滿喜慶；阿爸走到前面
阿姆拿著盆子潑向門口
水像靦腆的姑娘慢慢被灑在地上

有个人穿著客家花布做成的白紗
有个人穿著客家花布做成的西裝
眼淚在後方歇息
鞭炮聲又響
笑容與笑容相互對話
海陸拼音在腦海萌芽
一顆夫妻的種子種在老屋的土地上
落水了，趕遽照一張相片
留著以後給孫仔看；桐花沙沙掉落在水窪
我們的未來像一條長長的手帕

留言

說了什麼話
妳的雨傘
結疤
雨滴了一半
才被影子掀開

傘放在留言版身旁
我拿著筆
怎麼寫都是雨
都不曾放晴
儘管寫著：愛妳
雨還是一直滴

海澡

幫海洗澡
只需要一場大雨
就能淋濕它乾燥的淚

海躺在中間
影子被石頭搬走
搬到無人小島
妳住的地方
沒有我挪動妳髮絲的
手

幫海洗澡
是否能和妳相遇
在岸和礁石都蒙混了我
腳印就是吻的
沉重

抱起妳

把妳像一本書
輕輕地抱在懷裡
慢慢地翻了又翻
仔細端詳內頁
究竟妳的笑容藏在哪裡？

妳的笑容
很薄
我把妳抱得很緊
書本很舊
翻到最後一頁
發現心跳願意出版我們的
真心

芥末

這座城市很辣
月亮和太陽
都變成奶油來攪拌
有座橋靠在他的旁邊
辣味漸漸分岔

我走在他的路上
像一塊生魚片
被抹上絕望
還是不停地走
走到天色暗成醬油
我才仰望，苦才停下

夜晚的膠帶台港口

月亮正在滾動
以思念及悲憤的速度
試圖把漁船的辛酸
撕下來貼到我的胸口
漁船停在它的身上
把霧噴在膠帶周圍
我被淚水綑綁
淚水的錨，拋在
妳的肩膀
妳的移動彷彿把海水
拖曳

月亮有會割人的刀片
妳有會騙人的雙唇
我有會遺忘的膠帶台
把月亮綑在中心
讓它的光旋轉並
產生一些膠帶（交代）
漁船看似不動
它停在這裡
刀片割下的霧
將變成妳的羽毛妳的夢想
我怎麼撕都只是夜晚剩餘的
影子

我還能哭

沙漠是我的喉嚨
咳嗽一聲，風沙就吹
再咳，便找不到水
來到仙人掌的地盤
語言不尖銳
就無法存活下來

沙漠是我的眼睛
眨眼一次，淚就落
我無法控制它的速度
我已經沒有多餘的淚了
也找不到多餘的水了
所謂的流浪
或許是那些滄桑的哭聲
我想，當我離開沙漠
我還能哭？
能把所有風沙都哭盡
哭散

妳最近好嗎？

我想問一隻妳臉上的蚊子：
血是不是比唇還要嫵媚？
一張床可以抵擋一顆心
心卻不是隨時都願意躺下的

我想問一隻妳懷裡的貓：
夢是不是比爪子還要單純
一雙手可以碰觸數多毛囊
毛囊卻不是隨時都願意蜷縮的

我想問妳最近好嗎？
有沒有和月亮晚餐
有沒有和太陽談天
有沒有和孤獨抱怨
電話終於響起：
「我最近很好，把自己關在影子的身軀
等待光把我從角落抽離」

看一本百科全書就像研究如何愛一個人

看一本百科全書
就像研究如何愛一個人
在複雜的理念裡簡單的索引
不斷尋求一個知識的慰藉
同化他的正面和悲憤
輕型的感知飛了起來
目錄的生活打理了早晨
科技是不斷更新的吻

像書籤一樣俐落的手
放下了；擺上晴空
數個格子都在泛黃之前
睡了一個文明
又將他拿起像唸出笑話
隱性的邏輯偵探夜深
他啊！這一輩子都別想讀完

地震海洋斷層掃描

鯨魚　　　　翻車魚
　像　　　　像
　　大型板塊
　　　章魚
　　　　像
　　黑色漂流木
（相機洗澡的時候沒有擦乾）
猩　　　　　　　　　　　　猩

　　脖　　子　　痛
　　　　　整
　　　　　片
　　　　　海
　　　　　洋
　　　　　伸
　　　　　直
從陸地　　　　　從人道
　　　搬來的星空

　　　　一夜吃
　　　　　壞
　　　　　肚
　　　　　子
　　　　　的

一海洋牡丹

一台機器

一長串磁磚

（尋找

微

笑

【雨傘懷孕】

街道是產房
榕樹的根鬚慢慢垂下
好像醫生的手
正在催生一世的溫柔

圍觀的鳥
從樹上躍下
帶著護士的影子
關照腫脹的光

凌晨的斑馬線是床
雨傘躺在那
卻無雨
她在等待什麼？
莫非是一道光線
或者一場大雨

太陽像男生
雨像女生
她撐開自己的支架
影子把她拿在手上
希望生出一些光

她不聽勸告
身形膨脹
黎明一出現
支架慢慢裂開
雨就這樣溫柔的晃

吹鼓吹詩人叢書26　PG1438

雨傘懷孕

作　　者 / 葉雨南
主　　編 / 蘇紹連
責任編輯 / 盧羿珊
圖文排版 / 周好靜
封面設計 / 蔡瑋筠

發 行 人 / 宋政坤
法律顧問 / 毛國樑　律師
出版發行 / 秀威資訊科技股份有限公司
114台北市內湖區瑞光路76巷65號1樓
電話：+886-2-2796-3638　傳真：+886-2-2796-1377
http://www.showwe.com.tw
劃撥帳號 / 19563868　戶名：秀威資訊科技股份有限公司
讀者服務信箱：service@showwe.com.tw
展售門市 / 國家書店（松江門市）
104台北市中山區松江路209號1樓
電話：+886-2-2518-0207　傳真：+886-2-2518-0778
網路訂購 / 秀威網路書店：http://www.bodbooks.com.tw
國家網路書店：http://www.govbooks.com.tw

2015年10月　BOD一版
定價：300元

國家圖書館出版品預行編目

雨傘懷孕 / 葉雨南著. -- 一版. -- 臺北市 : 秀威
資訊科技, 2015.10
面； 公分
BOD版
ISBN 978-986-326-348-7(平裝)

851.486 104014938

讀者回函卡

感謝您購買本書，為提升服務品質，請填妥以下資料，將讀者回函卡直接寄回或傳真本公司，收到您的寶貴意見後，我們會收藏記錄及檢討，謝謝！

如您需要了解本公司最新出版書目、購書優惠或企劃活動，歡迎您上網查詢或下載相關資料：http:// www.showwe.com.tw

您購買的書名：________________________________

出生日期：________年________月________日

學歷：□高中(含)以下　□大專　□研究所(含)以上

職業：□製造業　□金融業　□資訊業　□軍警　□傳播業　□自由業

□服務業　□公務員　□教職　□學生　□家管　□其它_____

購書地點：□網路書店　□實體書店　□書展　□郵購　□贈閱　□其他

您從何得知本書的消息？

□網路書店　□實體書店　□網路搜尋　□電子報　□書訊　□雜誌

□傳播媒體　□親友推薦　□網站推薦　□部落格　□其他__________

您對本書的評價：(請填代號　1.非常滿意　2.滿意　3.尚可　4.再改進)

封面設計____　版面編排____　內容____　文／譯筆____　價格____

讀完書後您覺得：

□很有收穫　□有收穫　□收穫不多　□沒收穫

對我們的建議：________________________________

____

____

____

請貼
郵票

11466
台北市內湖區瑞光路 76 巷 65 號 1 樓
秀威資訊科技股份有限公司 收
BOD 數位出版事業部

（請沿線對折寄回，謝謝！）

姓　　名：__________ 年齡：__________ 性別：□女　□男

郵遞區號：□□□□□

地　　址：__________

聯絡電話：（日）__________（夜）__________

E-mail：__________